¿?

# 自我 的 幻觉 术

汪天艾——著

漓江出版社

## 作者简介

汪天艾，中国社科院外文所西班牙语文学研究者、译者，《世界文学》编辑。北京大学西班牙语文学学士，伦敦大学国王学院比较文学硕士，马德里自治大学西班牙文学博士。译有塞尔努达、皮扎尼克、洛尔迦、波拉尼奥等作品数种。曾获第五届单向街书店奖年度文学翻译奖。

献给我的父母和我的爱人。

# 目录

## 写作之（无）意义　173

消磁的空带

# 风暴中央：乌纳穆诺，一九三六

1936年，米格尔·乌纳穆诺生命中的最后一年，风暴骤起。

## 1936 年 7 月 19 日：
## 我宁愿做一个无政府主义者

1936年7月的西班牙，积蓄已久的矛盾和危机就要演变成地动山摇的崩塌，佛朗哥即将在北非率兵发动政变，第二共和国岌岌可危。不过，在距离首都马德里200公里外的古老大学城萨拉曼卡，那年7月的头两周与往常没什么区别。那些天里，更让萨拉曼卡人感兴趣的是正在建造的市立游泳馆和体育场，自行车运动爱好者则通过电台和报纸时刻追踪着正在进行的"环法"自行车赛。哪怕是7月19日清早，人们从广播里听到前一天佛朗哥宣读政变声明的消息，也没有格外打破大家过一个普通周日的生活。那天早上8点，百来个孩子参加了当地日报《前进》组织的踏板车比赛，借以抗议城市缺少儿童公园。与此同时，加西亚·阿尔瓦雷斯将军已经接到萨克特将军从巴拉多利德打来的电话，通知他率领军队服从佛朗哥的命令。到了11点，萨拉曼卡人一如既往地步行去大教堂做礼拜，路过马约尔广场的时候，才吃惊地发现广场集结了整整一个骑兵大队。

骑兵大队队长当场宣读了战时状态的限制条令："注意！从现在开始萨拉曼卡和整个西班牙都进入战时状态。第一条，禁止在公共道路上出现三人以上的聚集！任何违反规定者都将立刻被武力解散！……"宣读完毕，队长高呼"西班牙万岁！"，却听得围观的人群中有零星的声音在喊"共和国万岁！"。广场柱廊后面随即传来枪声，士兵立刻朝人群开枪，四个男人和一个小女孩当场遇害，马约尔广场瞬间跑空，街上也没了人影。不同于当时西班牙的许多城市，在市民的不解与困惑中，驻扎萨拉曼卡的军队没费什么力气就控制了城里的战略要地：市政府、邮局、电话局、广播电台、火车站……这座古城几乎从7月19日当天就顺理成章地变为佛朗哥一方国民军辖下的重镇。

也是在那一天，马约尔广场的柱廊下面，不少人看见乌纳穆诺坐在他常去的"诺维提"咖啡馆的露台上。这样置身事外的姿态令不少人误解他心属叛军，口诛笔伐接踵而至，但实际上，他只是在可怖的群体政治热情面前停在了原地。民众，这是一个乌纳穆诺已经很久无法理解的现象，民众作为群体的不可控让他觉得危险。前一年夏天，巴伦西亚的梅斯塔纳足球场举办大型"人民运动"集会，乌纳穆诺在时评文章中写道：

　　让水流动起来看起来很好，但是一旦水管破裂，就没有办法引导水流了。民众也是一样。搅动民众是危险的，因为没人能预料他们最后到底会走到哪里。

后来西班牙内战的走向验证了这样的担忧，十多年后，乌纳穆诺的后辈诗人路易斯·塞尔努达在给友人的信中表达了近似的慨叹：

> 在我看来，佛朗哥发动的政变不仅造成了数以万计的西班牙人的死去，佛朗哥分子也应该为他们间接挑起的内战另一方犯下的所有罪行负责。众所周知，民众盲目而残酷，所以不应该给他们展现盲目的机会，不应该挑起他们的残酷。

战争爆发后的第一个月，暴力与残酷尚未完全展开，萨拉曼卡的局面和整个西班牙一样令人困惑又不安。7月21日，加西亚·阿尔瓦雷斯将军在《地区报》上通告市民如常生活，鼓励商店照常营业，工人接着上班，希望大家不要被"压制着整个国家的可悲进程"影响。刚开始几个星期，市政府前面的旗杆上甚至还悬挂着共和国的三色旗，直到8月中旬才换成象征佛朗哥一方辖区的红黄旗。与此同时，整座城市完全陷入军事化的管控之中，每一天都有比前一天更加荒诞的消息传来。乌纳穆诺越来越不能理解他所生活的时代了。

1936年7月19日那一天，乌纳穆诺独坐在咖啡馆的露台上，他的姿态不是对眼前西班牙大地之震颤的无动于衷，更不是对突如其来的军队占领的犬儒暧昧，沉思中的长者看到的，是自己誓愿终生捍卫的个体价值与意义又一次沦为滋养群体性癫狂的政治环境的牺牲品。一直以来，他都笃信存在一种内在的历史延续性凌驾于一切现实的变化动荡之上，总想在众人的群情激荡之中保持理智的头脑，脱离当下的限制，以旁观者的姿态重新审视他所生活的时代和国家。早在1897年，乌纳穆诺就在给阿索林的信中写道：

> 现在西班牙民众需要的是重建对自己的信心，学会自己思考，学会自己去感知、去体会，而不是被别人代表，西班牙人要有自己的情感，自己的理想，无论是关于生命还是关于生命的价值。

无论是早年为了抗议里维拉将军的独裁自我流放到加纳利群岛，还是第二共和国成立后他对政府许多行为的批判，乌纳穆诺作为一个知识分子独立思考与发声的立场从未因时局改变。正如他1932年在文学协会发表的演讲《今日西班牙的政治时刻》中所说：

> 我知道第二共和国的成功运转意味着自由主义的失败，意味着我自1898年以来始终推崇的个体权利的失败。缺少了个体的价值，这样的政权不能令我满意。我宁愿做一个无政府主义者。

# 1936年10月12日：
# 历史是一条没有左右的直线

后来被载入史册的1936年萨拉曼卡大学开学典礼其实不是真正的"开学"，毕竟，当时这座欧洲第三古老的大学是佛朗哥钦点的"民族主义西班牙的圣殿"，教学活动全部暂停，因为"最好的学生都在为佛朗哥战斗"。因此，10月12日的典礼更像是佛朗哥一方的政治宣传表演。作为校长，乌纳穆诺没有出席那天早上在萨拉曼卡大教堂举行的宗教仪式，没有听到主持仪式的神父斥责以他为核心的"98年一代"知识分子对国家的发展一味悲观，控诉他们通过报纸、戏剧、文学创作等种种渠道给西班牙的希望泼冷水。

正午12点，乌纳穆诺在开学典礼上简短介绍了发言嘉宾，自己原本并没打算说话，来宾的发言却最终激怒了他。发言人一个接一个大肆攻击共和国是"红色"西班牙，是"反西班牙"的力量，他们将巴斯克和加泰罗尼亚地区斥为毒瘤，大肆宣扬所谓"伟大西班牙的永恒价值"，将知识与思考的意义踩进泥土里。出席开学典礼的有佛朗哥的夫人，有独臂将军米连‐阿斯特赖，还有佛朗哥派出的全权代表迪亚斯·巴雷拉上校，围观的人群也大多都是高扬手臂应和"西班牙万岁"之声的佛朗哥支持者。眼见几位嘉宾的讲话引得山呼海啸的颂赞与掌声，乌纳穆诺决定即席发表演讲以示回应。那天他的口袋里只有一封求救信，恩里克塔·卡波内女士恳求他帮忙营救被长枪党抓走的丈夫。老校长临场在这封信的反面草草写下发言提纲：

压服和心服

仇恨，毫无共情

反西班牙？

凹与凸


"压服和说服"即是后来那句为人熟知、振聋发聩的宣言"你们能以蛮力压服，不能让人心服"的雏形，纸上其余的词组也与乌纳穆诺信奉一生的主张与思考紧密相关。

仇恨与嫉妒是乌纳穆诺思考西班牙国民性的重要核心，他将该隐与亚伯的圣经典故视为西班牙国民性与生俱来的神话原型。在小说《亚伯·桑切斯》中，乌纳穆诺借主人公华金·蒙特内格罗之口说出："为什么我要生在这仇恨之地？好像这片土地的诫命是：你当恨人如己。这恐怖的西班牙国民麻风病。"暴力使人痛心，而更令乌纳穆诺痛心的是目睹仇恨占据人心，眼见人们不计一切代价地寻找滋养仇恨的食粮，寻找可以仇恨的对象。他意识到"几乎所有人都被仇恨点燃，几乎没有人还怀有任何共情"。

在所有可供仇恨的对象中，最集中的靶子是知识。1923年，即将开始自我流放的乌纳穆诺在阿根廷的《我们》杂志上发表了一封公开信，信中说："西班牙可怕的癌症不是专制主义，而是嫉妒。嫉妒，嫉妒，对知识的仇恨。"这种仇恨的根源是对不同的声音、批判性的声音的敌意。早在里维拉将军治下，乌纳穆诺就是极端反智主义最喜欢攻击的对象。1936年10月12日那天，当贵为西班牙人文学科最古老圣殿的萨拉曼卡大学被昏庸的铁蹄践踏，当米连‐阿斯特赖高呼"知识去死""死亡万岁"，乌纳穆诺听见的只有——"生命去死"。

"凹与凸"则是针对另一位发言的军人将领马尔东纳多把第二共和国定性为"反西班牙"的言论。就在10月12日的对峙发生前几周，乌纳穆诺曾撰文严辞反对将西班牙切割成两个敌对的存在："这不是一群西班牙人对抗另一群西班牙人，并不存在反西班牙，这是整个西班牙对抗它自己，是一场集体自杀。"在内战爆发前一年，乌纳穆诺也曾多次用"凹凸面"的比喻来解释自己对"西班牙内部斗争"的思考。在巴黎西班牙学院的开幕演讲上，他提出："从纯粹几何学的角度看，一个平面是没有凹凸之分的，我们所谓的凹面从另一面看就会变成凸面，就像一条直线没有左右一样。"

乌纳穆诺始终反对把己方置于道德制高点、排他独占的主张："我要说，他们所谓的反西班牙的只是同一个西班牙的另一面，我们有着同样的缺点。"在他看来，所谓的"两个西班牙"之间的斗争只是西班牙的凹面与凸面之间的斗争，这种自我斗争同时也是一种共存。然而，内战爆发以来，种种残酷的事实让他幻灭地看到，互不相容取代了共存，此时此刻的西班牙，非要分出左右，分出凹凸。

开学典礼在对峙中草草收尾，乌纳穆诺去他经常光顾的"卡西诺"咖啡馆小坐，咖啡馆里却坐着一些他不认识的军人。乌纳穆诺甫一露面，就有几个顾客开始辱骂他是"赤色分子""叛徒"，"滚出去！"的喊叫不绝于耳，旁边还有人鼓起掌来。乌纳穆诺的儿子拉斐尔听说消息连忙赶去护送父亲离开，他本想让父亲走咖啡馆的侧门，乌纳穆诺坚持要从他进来的门离开。那是乌纳穆诺最后一次在"卡西诺"出现。

第二天，萨拉曼卡市宣布取消乌纳穆诺荣誉市长的称号，罪名是"不符合集体道德标准，被虚荣心冲昏头脑，做出反爱国主义的举动"。作为"98年一代"的旗帜人物，乌纳穆诺和他的同路人们正是因为忧心祖国命运上下求索不止，最后竟落得个"不道德、不爱国"的罪名，这几乎和那个时代一样荒唐可笑。第三天，萨拉曼卡大学董事会一致通过决议，革除乌纳穆诺的校长职务，因为"萨拉曼卡大学应当清楚地表达对光辉的国民革命的支持与合作"。10月23日，萨拉曼卡的两大报纸同时刊出由佛朗哥将军签署的文件，乌纳穆诺不再是萨拉曼卡大学的校长。

## 1936年12月31日：
## 我将睁着双眼死去

一夜之间，乌纳穆诺与他生活了45年的萨拉曼卡、与他热爱并为之奔走的西班牙人民之间的珍贵信任与连结彻底断裂了。他只想待在家里闭门不出，远离这个与他互不理解的世界：

> 我不想出门。外面的人对我来说已经不像以前了，他们不再是我虚构的人物，他们变成了有血有肉的人——尤其是血，他们突然冲进了我永恒的理想。

在11月的信件中，他自述景况堪比战俘，了无尊严：

> 您要知道，虽然我看似可以在这座我当过大学校长的城市里自由行动，其实我一直能看见有便衣警察在跟踪我，他负责监视我，监视所有来看望我的人。我觉得我就像个人质。我不明白这是为了什么。

他持续地、一刻不停地写作，将"98年一代"标志性的质疑精神付诸纸面，为笔下的人物构想出这样的对话：

> ——阁下对西班牙有信心吗？
> ——对哪个西班牙？那些喊着"西班牙起来吧！"的人的西班牙？不，我不相信。
> ——那您相信哪个西班牙呢？您自己的西班牙吗？
> ——我自己的？我的西班牙跟我一起完蛋了。我只相信我留在自己作品里的那个西班牙；也是塞万提斯留在他的作品里的西班牙。

他持续地、如饥似渴地阅读，反复念诵《李尔王》中"不要让我发疯！我不想发疯！"的台词，想要用莎翁笔下主角的疯狂与盲目抵挡战争带来的伤痛。还有《暴风雨》，那里面的卡列班既是怪物也是囚徒，乌纳穆诺读到普洛斯彼罗用鸦片和酒精麻痹卡列班，在笔记中写道：

西班牙人民致力于自杀。可是又保留着求生和繁衍的动物本能——所以就致力于让自己变蠢，把自己交给鸦片和酒精，以及在杀人的过程中求得一死的快感。

最后的冬天，最后的12月，内战双方信仰不同的政治主张，却在行径之野蛮、在犯罪、迫害与谋杀上出奇得相似，暴力的飓风就要摧毁他的祖国。

1936年12月31日，乌纳穆诺在家中溘然长逝，终年72岁。他曾发愿"我将睁着双眼死去，眼里留存你清明的山脉，我梦中的西班牙"，他曾渴望"有一天这片西班牙土地，是摇篮也是坟墓，将用死亡那最后的母亲般的怀抱拥住我"，他爱得如此深沉的西班牙土地，却已被鲜血与仇恨浸透。在生前的最后的几封信中，乌纳穆诺写道：

> 此时此刻，在西班牙做一个流亡的西班牙人，让我觉得恶心……
> 我为什么要写作？解药吗？不是的。只是为了认识恶。既然一个人要死了，至少要知道死于什么。

1936年的最后一天以后，乌纳穆诺不会知道，自己毕生虔信独立思考和个体价值，死后却难逃被内战双方按照各自的立场宣传利用。他不会听闻自己的巴斯克故乡被德军的轰炸机夷为平地，不会踏上安东尼奥·马查多翻山越岭、死于途中的漫漫流亡路，不会像另一位同代作家阿索林那样，因为被动地成为战后独裁政权的"国民作家"而众叛亲离，也不会看到西班牙的自由在最残酷的噤声时代被埋葬数十年。

1936 年的最后一天，乌纳穆诺的话没有讲完，绞索就勒紧了，可千百万还留在世上的人，要如何续完结局？

# 硝烟里的夜航

在西班牙萨拉曼卡城的档案馆里，堆放着不少自1939年内战结束就被尘封的盒子，其中"社会政治分区"编号1870的盒子装有502张内战时期外国记者的登记证件：厄内斯特·海明威、乔治·奥威尔、朗斯顿·休斯、罗伯特·卡帕……不过，还有一位外国通讯社派来做战地报道的作家，他的证件不在这个盒子里，直到2016年，纯属偶然的机会，记者桑切斯才在一个放错位置的档案盒中把它翻了出来。这张证件混在一堆托雷多市"人民阵线"的士兵证里，在一个它本不属于的地方无声地存在了几十年。

如同一个恰如其分的隐喻，这张证件的主人也是一个充满谜团、总是自感被放错了位置的人。他登记的职业是"作家飞行员"，创作的童话献给曾经是孩子的大人，最后在"二战"中驾驶 P-38 闪电式侦察机失踪于地中海上空，遗体始终未被发现……而在1936年的硝烟中，前来支援与报道的外国人大多坚定地以共和国一方立场写作，圣艾克絮佩里写自西班牙的报道又落进了另外的"盒子"里：他拒绝意识形态的粗暴分类，觉得那只会让人更加无法理解自己身处的宇宙。在他的笔下，

15

没有控诉与怒吼，没有对阵营的定义，只有对人性与战争真相的问询与思考。

一

> 昨天是陈迹，是度量衡的语言
> 我是你们的选择和决定：我是西班牙

> ——奥登《西班牙》（查良铮译）

1936年8月10日，圣艾克絮佩里驾驶飞机从巴黎前往巴塞罗那，受《不妥协报》约稿去西班牙报道刚刚爆发的内战。飞越作为西法边界的比利牛斯山上空，他把最后一座快乐的城市留在了后头，下一刻起，就是战火中的西班牙了。他想，那是"人类互相残杀的地方"。然而，降落之后，他却意外地发现，完全看不到想象中满是灰烬、废墟和苦难的疮痍。巴塞罗那还是曾经的巴塞罗那。人群平静地走过兰布拉大街，不时遇见端着枪的军人，冲他们笑笑走过去就好了。他疑惑地自问：巴塞罗那的恐怖在哪里？内战把民众分割开来的那条鲜血淋漓的边界在哪里？初抵西班牙的整个白天，圣艾克絮佩里完全没有找到内战的边界，直到第一天晚上，他突然触到了那条线。

那是在一间酒吧里，身旁喝啤酒的男人突然被冲进来的军人用枪顶着背带走了，他的酒还剩下大半杯，留在原地。在圣艾克絮佩里背后，一个女人小声嘟囔了一句："法西斯分子。"

骚动平息，和开始时一样突然。这个场景成为圣艾克絮佩里写自西班牙的第一篇报道的主题——"我看着他走远，被枪顶着，那个5分钟前就在我旁边两步之遥的人，他越过了那条看不见的边界"——内战的边界是看不见的，那条边界在人的心里。

在火车站，士兵们正要从巴塞罗那启程去萨拉戈萨上前线，圣艾克絮佩里目睹了一场沉默的送别。振聋发聩的沉默。没有一个士兵有正儿八经的军服穿。这些人战死的时候都还穿着平时上班的衣服，他这样想着，突然感觉到一种在达喀尔黄热病发作时的难受。一个士兵小声说："我们要去萨拉戈萨。"突然之间，这里仿佛不再是火车站，而是医院的病区。是的，他看见了，这不是战争，这是一场瘟疫。奔赴战场的人群脸上没有一丝一毫沉醉于征服感的兴奋，只是充耳不闻地像在同什么传染疾病作战。他忽然明白了，这场战争的发生，不是为了驱赶外敌，而是想救自己的病，人们其实是在同自己作战。从那个雨夜送行的场景里，圣艾克絮佩里读出了西班牙内战的真相，他在每个人的眼睛里看见一种类似沉重、类似悲伤的东西，更发现送行的队伍里没有任何母亲。是啊，他想，哪个母亲会到这里来送自己20岁的儿子去死？她又怎么会在意儿子是为哪个阵营而死？正如维多利亚·希斯洛普笔下那个在战争中失去儿子的西班牙母亲，别人问她："什么杀死了你的儿子？是共和国军还是长枪党？"她回答说："是一颗子弹。"

从莱里达的前线出发，一路上圣艾克絮佩里途经许多一夜之间转换立场的村庄，"仿佛战争的边界只是一扇敞开的门"。在韦斯卡的一个小村庄里，他看见这场战争最残酷的面貌，被处决的人多过战死的人。那些友善的村民眼神明亮地接待他们这些外来人，可一转过身，就能在奇特的"犯罪"条件下杀人。"是的，我们今天已经处决了17个……"——村民们杀死的17个所谓的"法西斯分子"，其实是村子里的神父、教堂看守以及他们的亲人。在杀人与杀人之间，已无人记得这片遍布葡萄藤和小麦穗的土地究竟属于谁。在这个平静与恐怖共存的地方，圣艾克絮佩里写下了他1936年之行的最后一篇报道《在这里处决人就像砍树》。他试想，人类似乎有一种与生俱来的能力，可以在戏剧模式与漠然模式之间自如切换。这或许能解释这些村民如何能在"狩猎"结束后随即如常生活。

可是，要如何度量一个人的价值？"十几个死人对整个国家的人口而言意味着什么？几座被焚毁的教堂对一个继续着日常生活的城市而言意味着什么？""我们可以允许和容忍死亡人数在多少以下？"圣艾克絮佩里拒绝这样的计算，因为，"和平不是建立在可悲的算数之上的"。1938年，他在另一篇有关西班牙内战的文章中写道：

我们每周在电影院的座位上目睹发生在西班牙或中国的轰炸。我们能听见撞击声震裂那些城市的水泥，却连抖都不抖一下。恐怖还没从荧幕上跳出来，恐怖还没跳到我们眼前。观众无动于衷，炸弹从飞机上无声地落下，自由落体。

# 二

> 农夫或许听到了堕水的声音和那绝望的呼喊，
> 但对于他，那不是了不得的失败
>
> ——奥登《美术馆》（查良铮译）

1937年4月11日，受《巴黎晚报》委托，圣艾克絮佩里再次驾驶飞机前往西班牙，降落巴伦西亚后，立刻赶往激战正酣的马德里，住在卡劳广场侧旁的佛罗里达酒店。单是那个4月，这家酒店里就同时住着海明威、卡帕、塔罗、多斯·帕索斯等外国记者，坐落在隔壁的电信大楼便于他们及时将报道和照片传送出去。4月22日，酒店外墙遭到两枚榴弹炮轰炸，住客都被疏散到走廊上，史料照片记录下圣艾克絮佩里给惊魂未定的人们分发柚子吃的画面。没过多久，他就退了房，住进了市郊卡拉万切尔前线的营地。他想和战士们共同生活一段时间，了解他们参加战争的动机，从而尝试窥见和理解战争的本质。他预感到，这样的战争也许很快就会蔓延到整个欧洲。

在战壕里，他遇见来自巴塞罗那的 R 中士，他想问对方两个问题：

中士，你为什么来打仗？
中士，你为什么接受去死？

战争野蛮的本质之外，最让圣艾克絮佩里震惊的事实，是人类在选择发动和参加战争的时候已经预先知晓和接受了死亡这个必然结果：

> 我不问你们能用什么手段把人类从战争中拯救出来。我只问你们，既然我们都知道战争是荒谬的、可怕的，为什么我们还要打仗？战争的真相究竟是什么？

R中士原本在巴塞罗那当会计，与内战双方的主张和信仰都没有太多关联。有一天，他听说一个朋友死在了马拉加的战场上，那一刻，他感受到的不是复仇的意愿，而是"像被一阵海风吹过"。第二天，另一个伙伴看看他说："我们走吗？"他说："我们走吧。"就这样，R中士上了战场。听完这段讲述，圣艾克絮佩里联想起候鸟迁徙季的时候，牧场上家养的鸭子也会在围栏旁边不停地踱步，徘徊。当它们看见野鸭和大雁从头顶飞过的时候，有一个瞬间，这些家养的鸭子也变成了会迁徙的动物，大陆的轮廓在眼前铺陈展开，对海风和大洋的热爱涌动着，袭上心头，在它们小小的脑袋里，装着太阳还有炽热沙滩的图景。他想，或许，这些把自己变成武器的人类，恐怕也是突然意识到自己的职业与日常生活的平庸，却不知道该追求什么样更高一层的真实吧。

一天晚上，R中士即将在次日清晨参与一次可以说必死无疑的进攻，圣艾克絮佩里陪他度过了这个等待去死的夜晚。有人小声说："我打赌他们会先动手。"周遭震动，却没有人动弹。

圣艾克絮佩里暗自想着，如果明天身边这个人能活着回来，自己就要问他："中士，你为什么接受去死？"一整个晚上，我们的作家体会到对无意义的死亡的恐惧，有一只旧闹钟一直在架子上疯狂地"嘀嗒"，万籁俱寂中，那声音被放大了无数倍。他听着闹钟的嗡鸣，想象着规定的时间一到，闹铃大作，所有人起身，扣好皮带，装满弹药，喝两口酒，说些没用的话，然后去送死。

就在发动进攻的时辰快到的时候，作战计划突然被临时取消。圣艾克絮佩里发现大家并没有松一口气，也没显出逃过一劫的兴奋，反倒是抱怨起这个决定让他们又得继续活下去。战壕里的死亡切实可信，每天都在发生，静默与恐惧如影随形。奥克塔维奥·帕斯曾将现代人"混居的孤独"描述为"我们的监狱和整个星球一样大"，每个人都关在自己特定的牢笼里，承受着绝对的孤独。陪伴 R 中士等待去死的那一夜，圣艾克絮佩里触及到人类在战场上的深层动机之一，那就是，战争以残酷而直接的方式为人类提供了一种看似比他们各自的生命价值更高的东西，孤独的个体被"兄弟会"一般的情谊纽带联结了起来。如此，热切也好，无畏也好，人们仿佛进入了一种集体无意识的狂欢中，对危险和死亡的恐惧被暂时覆盖了。

三

没有任何人单独存在；
我们必须相爱或者死去。

1937 年，圣艾克絮佩里在马德里看见轰炸过后阿尔奎耶斯区破碎的窗户，仿佛看见了希特勒的威胁之下，欧洲版图正在不断扩大的焦黑的窟窿："我们知道，战争，自从用上了榴弹和毒气，最后只会以欧洲的沉没告终。"1938 年，欧洲的一只脚已经踏进深渊，圣艾克絮佩里回忆起在西班牙的战场上听到几个士兵和战壕对面的敌人互相喊话：

> ——安东尼奥，你为了什么理想打仗？
> ——为了西班牙！你呢？
> ——为了我兄弟的面包！晚安！

要和平还是要战争？好像无论选择哪一样都无法避免羞耻。圣艾克絮佩里写道：

> 如果我们要和平，就会割断盟友。毫无疑问我们当中很多人都做好准备，哪怕牺牲生命也要完成与盟友的约定。可是，如果我们牺牲了和平而选择战争，我们还是会羞愧，因为我们牺牲了人类——我们必须接受欧洲所有的图书馆、教堂和实验室统统坍塌；我们必须接受欧洲的传统尽毁，世界变成灰烬。因此，我们总是来回更改主意。

后来，当一切已成历史，我们都知道，西班牙内战不过是拉开了一场更大规模的战争的大幕，人性与精神价值会在那场战争中遭到无可挽回的震动，人类还要在圣艾克絮佩里思考过的这些矛盾中继续挣扎。这个想用写作来理解人类处境的作家，从西班牙战场带回13篇不太像新闻报道的文字，大多都是平凡的男男女女在战争中的面孔速写。他没有过多的质问，也没有要求战争中的人给出任何自证的话语，而是沉默地观察他们怎样生活，想要了解每个人内心深处最渴望的意义究竟是什么。如他自己所言："我热爱的不是民众。我热爱人类这个种群。"

# 那声你没哭出的哀歌，我为你而哭

1936年7月17日，西班牙内战爆发。很快，纳粹德国开始向佛朗哥一方提供武器装备和空军海军兵力支持，意大利法西斯的近5万士兵也在伊比利亚半岛最南端的加的斯港口登陆。英法两国官方的"不干涉"政策没能阻挡志愿者组成国际纵队奔赴共和国一方的前线，"林肯纵队"从大洋彼岸抵达，"库斯克号"军舰满载物资停靠西班牙东海岸的阿利坎特港，先后送来了700余架飞机和400辆坦克。德国和意大利的反法西斯阵线也将他们的斗争搬到了西班牙。一场国家内部的战争迅速演变成多种意识形态和政治立场的较量。

对德意法西斯而言，西班牙战场是练兵场和试验田。在共和国一方印制的战时宣传页上，希特勒一手指向西班牙版图，上面满是泪痕斑斑的孩童，成群结队的飞机沿着他手臂的方向呼啸而过，他吼叫着："今天西班牙，明天全世界！"纳粹德国将最新研发的武器和战斗机首先放在伊比利亚半岛试用，1937年4月26日被德国空军夷为平地的巴斯克王国古都格尔尼卡，就是1940年11月14日"月光奏鸣曲"行动中只余满目疮痍的考文垂。

而对国际纵队的志愿者而言，面对赫然崛起的法西斯主义，他们将西班牙战场视为反法西斯的最前线，在西班牙第二共和国身上，他们看见的是避免下一次灾难降临的最后机会。年轻气盛的英国大学生，天性散漫的意大利小伙儿，来自四面八方的记者、作家，他们纷纷踏上这片陌生的土地，为之牵肠挂肚，为之战斗牺牲，也最终为之幻灭失望。1939年4月1日，西班牙内战以佛朗哥一方的胜利结束，此后蔓延数十年的独裁大幕拉开。区区5个月后，第二次世界大战爆发，昨日的世界终告沉沦。

介于20世纪两场改变人类历史的世界大战之间，西班牙内战拥有不可小觑的意义，亲历其中的外国志愿者里不乏记者、学者和作家，西班牙内战书写在战后自成一体，语种众多、视角多元。奥地利社会学家弗兰茨·柏克瑙于1937年出版的内战见闻实录《西班牙战场》即是其中之一。

## 一

> 这个20世纪的夜晚，上次战争的废墟
> 还钉在我脸上
> ……
> 在这个时代
> 人类齿间咬碎的每一块玻璃上。
> 而潮湿的风吞噬最后一辆火车的汽笛，
> 火车在远山后面看见
> 更疲惫的破晓，腐败的光。

这潮湿的风带来的腐臭

（燃烧的幕布和垃圾桶）

高高地，在高压线上

弹出痛苦与死亡的琶音。

——安东尼奥·科利纳斯《二十世纪》

1936年8月，柏克瑙出发前往西班牙，在那之前，他像许多外国人一样认为西班牙内战"是社会主义与法西斯之间的斗争"。此后两年间，他两次前往共和国一方的辖域，意识到西班牙的问题并不能如此简单地概括。战争的表象之下，"西班牙问题"有更深层的根源。17世纪以降，曾是海上帝国的西班牙一路衰败，成为"西方文明主干上最枯萎的一支"，这归根结底是因为他们反抗任何朝向"现代"的进步，民众憎恨并激烈地抵御"强加于人的现代文明"，这让西班牙的现代化进程举步维艰，同时也奠定了他们原始的斗争模式与落后的思维习惯。对许多内战的旁观者而言，西班牙人做了许多"毫无意义"的事情，柏克瑙却提出或许大家忽视了"我们的目标也许不是他们的目标，我们的价值不是他们的价值"。而且，也正是这样某种程度上源自"落后"的价值体系，塑造了西班牙特殊的国民性格：

　　欧洲人一心崇尚"进步"，被停滞不前的西班牙吓得目瞪口呆，但是几乎每一位外国观察者，无论身处哪一方，都感到一种进入魔力的吸引。不少技术顾问气恼得想一走了之，却终究没有离开……在这里，生命还未被效率化，未被机械化；更看重美，而非实际用途；情感重于行为；荣誉高于成功。

柏克瑙的战时日记从他1936年8月跨越西法边境那天开始。当时大批国际纵队志愿者和外国记者都经由这条路抵达战火中的西班牙，而这样的"越境"之旅永远地改变了他们的生命。他们不再是纯粹的旁观，而是直接参与了这场战争所代表的所有暴力与恐怖、悲情与险途。无论这些外国学者、作家和记者最初出现在西班牙战场上是为了学术考察、追求信仰还是新闻报道，他们最终都无可避免地走进了西班牙人的日常生活与更为内核的战斗当中。内战结束后，从伊比利亚半岛回返的记者弗兰克·哈尼根写道：

> 所有前往西班牙的记者在翻越比利牛斯山之后都变成了一个不一样的人。在那里待了一段时间之后，从纽约或伦敦本部传来的问题清单都变得好像细枝末节的干扰。

与此同时，西法边境又见证了另一种反向的跨越与改变，在内战的最后两年，许多西班牙知识分子从西法边境开始漫漫流亡路。1939年年初，共和国军节节败退，人们按下声来焦心忡忡地互相问着："你想过，我们可能会输吗？"成千上万的西班牙人开始从加泰罗尼亚翻越比利牛斯山向法国逃难。车已无法挪动，人们背起行囊沿着山道步行，其中，有安东尼奥·

马查多和他年迈的母亲。2月22日，在母亲去世后没几天，马查多也病逝在西法边境的小镇科利尤尔，口袋里装着他的绝笔："蓝色的日子，童年的太阳。"在法国诗人阿拉贡为马查多书写的挽歌里，我们读到："再走几步就是逃离。"

阿拉贡的这句话代表了当时许多人的设想：西班牙即将坠入法西斯的深渊，那么，只要逃过西法边境来到法国，就是逃离险境。不曾想，仅一年后，法国也危在旦夕，不参战的西班牙反而成了无数欧陆知识分子逃往美洲的中转之地。1940年6月，本雅明在德国人拿着逮捕令闯入他家的前一天从巴黎出逃，取得美国签证之后，他越过西法边境前往西班牙，计划借道葡萄牙乘船去美国。在边境小镇布港（正是柏克瑙抵达西班牙的第一站），本雅明得知佛朗哥政府取消了一切过境签证，所有从法国流亡而来的犹太难民将被遣返。9月25日，他在旅馆自杀身亡，长眠布港的海边。墓碑上，用德语和加泰罗尼亚语铭刻着摘自他生前最后一部作品《历史哲学论纲》的话："没有任何文化的记载不同时记载了野蛮。"

二

没人能为这样的梦魇披上
夜色的长袍，
没人能停下这嚎叫，
没人能熄灭这灯泡
它照亮

无终无止的死亡的爆炸，

内心的相机里，记忆无法安息

也无法死在格尔尼卡的

灰色。

——何塞·安赫尔·巴伦特

《毕加索——格尔尼卡——毕加索：1973》

柏克瑙的见闻录写于1937年，战局尚不明朗，他的观察与推断中也有一些只能停留在当时的背景下。例如造访"孤儿之家"时，他注意到西班牙内战引起的心理震撼"意外的小"，民众对革命中恐怖活动的反应之平静令他惊诧："这些儿童经历惨痛变故，却没有心理失衡。西班牙人面对这场剧变，依然安静沉着，因为他们本来就是健全的人。"如今看来，当时看上去平静的儿童恐怕更多是巨大震撼下的应激性情绪关闭。在内战中沦为孤儿的孩子们，许多都经历了令人唏嘘的命运，在历史的洪流中被推向下一个不知危险与否的港口。

1942年2月，列宁格勒战役爆发后的第一个冬天，正在前线采访的意大利记者库尔奇奥·马拉帕特被叫进了驻扎拉多加湖的纳粹芬兰部队的指挥室。将军说："我们抓到了18个西班牙俘虏。"马拉帕特听得一头雾水："西班牙人？你们和西班牙开战了？"

"我也不知道，但是我现在有18个说西班牙语的俘虏，他们说他们是西班牙人，不是俄罗斯人。我们得审讯他们。你肯定会说西班牙语。"

"说实话……我不会。"

"你是意大利人，怎么也比我会，你去审一下他们。"

于是，马拉帕特把语速放得极慢，用意大利语向这18个西班牙俘虏提问，对方也用同样慢速的西班牙语作答。原来，他们是西班牙内战中的孤儿，父母都在轰炸与战火中丧生。有一天，他们在巴塞罗那被集体送上了一艘苏联舰艇。在俄罗斯，他们得到食以果腹，衣以蔽体，并最终受训成为了红军士兵。后来，他们和许多红军战俘一样被掩埋在冰天雪地的列宁格勒。

对于在内战中长大的一代人，无论是否因此遭受实质性的失去，内战都是他们生命中永远的疤痕，影响着他们此后的轨迹。塞万提斯文学奖得主安娜·玛丽亚·马图特将自己这代人称为"茫然的孩子"——少年时代，他们在日常生活中见识了与前线战场一样的残酷，因而在长大后，无法归顺于任何由奖惩、善恶等等两分法统治的世界。内战爆发那年才15岁的拉伯尔德塔，年过半百之后回忆起1936年，写下过这样的诗句：

> 我们透过纯真的双眼惊恐地看见
>
> 黎明行刑的恐怖
>
> 摇晃的卡车排成长队
>
> 角落深处蜷缩的人
>
> 像驱赶的兽群被领向死亡
>
> 那是战争是恐怖是一场场大火，
>
> 那是自杀的祖国

……

为什么要由我们来赎买我们

嗜血的古老民族集体的罪责

谁来偿还我们被摧毁的青春

哪怕我们没进过战壕？

……

但我想在这里对你讲讲我这失去的一代

讲讲他们愤怒的白鸽停在等候大厅，钟永远停着不走

讲讲他们再不能追回的亲吻

讲讲他们的快乐

被不幸的历史谋杀

讲讲那场恐怖的疯癫飓风。


　　除了创作时代导致的某些历史局限性，柏克瑙在西班牙期间曾想探访佛朗哥一方辖域而未能如愿，因此《西班牙战场》中的见闻集中在共和国一方。实际上，佛朗哥一方也面对着多方力量与利益交织的复杂局面，产生了不少同样值得玩味的命题。在共和政府辖域内柏克瑙看见的西班牙人"迫切需要外国人的援助却无法违心地表示亲近"，另一厢，意大利法西斯几乎向佛朗哥送上了他们的全部——从最新型的战斗机到最老式的坦克，连"一战"流传下来的机枪都搬了过来——长枪党的军队却也很不领情，他们把墨索里尼派来的意大利"志愿部队"的缩写 CTV，改写成首字母相同的三个西班牙单词："¿Cuándo te vas?"，意思是"你什么时候走"。

而最令佛朗哥麾下的本土军人感到厌恶难堪的是柏克瑙书中亦有短暂提及的摩尔人军团。佛朗哥利用自己曾是驻守北非将军的势力，召集了大批摩尔人为他征战。此外，还有不少不明就里的非洲雇佣兵，都是到了西班牙本土，才知道是来送命的。1937年，朗斯顿·休斯作为几家非洲裔美国人报社的外派记者前往西班牙。途经法国时，适逢巴黎举办国际作家大会，休斯在会上做了关于法西斯主义与种族主义的发言。他清楚地知道那些被送上前线、为佛朗哥而战的非洲人和摩尔人正遭受到来自法西斯主义的非人压迫。在《西班牙书笺》中，休斯描写了国际纵队中的黑人士兵在与摩尔士兵对垒后的心理活动：

　　　　在被我们夺下的村子
　　　　他躺在那里奄奄一息。
　　　　我望向非洲的方向
　　　　看见那里的根基颤动。

　　　　因为如果自由的西班牙赢得这场战争，
　　　　那些殖民地也会自由——
　　　　那么一些美妙的事情也将发生在
　　　　像我一样深肤色的摩尔人身上。

　　伦敦政治经济学院研究西班牙近现代史的保罗·普莱斯顿教授写过一本西班牙内战中外国记者与文人的见证实录，书名是《我们看见了西班牙死去》，而这本书的西班牙语版书名被翻译成《子弹下的理想主义者》。的确，来到西班牙战场的外国志愿者中，有许多人就像西班牙诗人塞尔努达时隔多年在异国他乡遇见的"林肯纵队"老兵那样——

> 25年前，这个人，
> 不了解你的国家，对他来说
> 再遥远奇异不过，却选择到那里
> 并在那里，如果时机来到，决心献上自己的生命，
> 相信那里冒险的事业
> 在那时，值得
> 为之斗争，这信念充满他的生命。

他们中的许多人，后来都在这片土地上遭受了失望与打击，然而，"欢呼、失望乃至幻想的破灭就是革命史的组成"，柏克瑙在日记开端如是说。西班牙战场上发生过的一切的意义，不止局限于彼时彼地，这或许也是柏克瑙这本著作自1937年首版以来不断再版的缘由之一。如加缪所言：

> 在西班牙，人类学到了我们可以是正确的但是依旧战败，学到了蛮力可以毁灭精神，学到了有时候勇气本身并不是足够的奖赏。毫无疑问，这就解释了为什么有那么多人在世界走到尽头的时候把这场西班牙戏剧视为一场个人悲剧。

# 战争未了

　　在1936年7月23日之前，39岁的约翰内尔·伯恩哈德是一个在西班牙郁郁不得志的德国移民。很少有人知道这个在西属摩洛哥一家名不见经传的进出口公司工作的德国人同时也是个纳粹分子。直到那一年的7月17日，驻守当地的佛朗哥将军发动政变，伯恩哈德看见了他多年来一直等待和寻找的机会。他立刻与佛朗哥手下的军人取得联系，主动请缨帮助他们与希特勒本人取得联系。7月23日，佛朗哥与伯恩哈德会面，将写给希特勒的亲笔信交予他。经过几番包括劫机在内的周折，两天后伯恩哈德出现在正在聆听瓦格纳的希特勒面前。佛朗哥的信只有半页纸，剩下半页空给德语译文，但是伯恩哈德并没有把翻译的内容写在下面，而是选择了当着元首的面直接用母语朗读。信中，佛朗哥请求德国支援10架飞机以及物资。第二天，20架装满武器弹药的战斗机从德国启程飞往西班牙。

　　希特勒支援给佛朗哥的空军派上了大用场。1936年11月19日，真正的大屠杀开始了。一枚500公斤的德国炸弹把马德里正中心的太阳门广场炸开一个大洞，地铁轨道如同暴露的伤口翻了出来，旁边堆积着尸体。从那时起，马德里连续遭袭，满目疮痍，却并没有像许多人以为（和期待）的那样迅速沦陷。与佛朗哥一方明显的武器装备优势相抗衡的只有血肉之躯的精神与力量，整座城市到处悬挂着守卫马德里的口号："¡NO PASARÁN!"（他们进不来！）这座城市在战争爆发第一年就开始遭到轰炸和围困，却几乎一直坚持到内战最后时刻才倒下。

1936年，加西亚医生刚从马德里医学院毕业，还在跟随导师实习，战争的爆发打破了所有预先设计好的时间线，在日夜颠倒的工作和医院内外的生死当中，他迅速被推上独当一面的手术台。这时，他有48小时没休息了，眼前的伤员是个年轻的男孩，被炸断了一条腿。加西亚医生在他口袋里发现了一张折成四方形的纸条，上面写着："250克牛奶。半打鸡蛋。两片火腿。"在为他缝合已经坏死的伤口时，加西亚一直在想，从此往后，这个男孩的母亲可能一生都会后悔恰好在这一天的这个时刻让孩子去了超市。

经过手术，男孩失去了一条腿，但是活了下来，更多的人连这样的幸运都没有。战争刚开始的时候，加西亚在医院里遇见最多的死亡原因是失血过多。当时，输血必须在医院里实时进行，通过针和导管由献血人当场献血给伤员，所以很多人都在急救人员发现他们的现场或送往医院的途中因无法得到及时输血而死去。这一切，即将因为一个加拿大人的到来而改变。1936年12月14日，加西亚医生在日记标题里写下：诺曼·白求恩来到马德里。

一到西班牙，白求恩就意识到，如果能在前线直接进行输血，将很大程度地提高伤员的存活率。于是，他从伦敦筹集到需要的设备，在马德里设立了加拿大流动血液服务站。那是西班牙的第一家血库，藏在马德里萨拉曼卡区的一栋房子里，共有15间病房。由于佛朗哥在下令轰炸首都时总会尤为小心地避让开了上层中产阶级的聚居地（他们中很多人都是政变的支持者，早已得到消息躲在家中等待预期中将很快"告捷"的马德里之战），最为富有的萨拉曼卡区最不易受到炮火侵袭，因而成为相对安全的选址。

加西亚医生惊奇地看着白求恩和他的团队将房子里原有的家具挪开，摆上他从未见过的设备和机器。后来他才知道，那个陌生的大柜子是 Electrolux 牌的冷库。血浆冷冻技术让献血与输血过程得以分离，严重失血的伤员不再需要在医院里等待即时的献血，而是可以从平时采集存储的血库中调取血源。技术设备就绪之后，首先需要收集血源。马德里的广播和报纸开始向民众呼吁献血，白求恩对此有些惴惴不安，不知道西班牙人对这样陌生的技术会做何反应。第二天清早，白求恩打开服务站的大门，看见超过2000名马德里市民聚集在门外等待献血。10天后，血袋处理完毕，白求恩在加西亚供职的医院第一次使用冷库中的存血为伤员进行输血。仅仅一个早上，这项新技术就拯救了12个伤员的性命。在日记里，加西亚医生这样记录下那一天：

> 我不知道第一个因此幸存的士兵的名字。我知道的是，他的同伴为了庆祝他重获新生，做的第一件事就是把一根点燃的香烟塞进他嘴里。士兵急急地吸了一口，而他的伙

伴们充满希望的欢呼声瞬间覆盖了医院的悲伤。护士和在场的西班牙医生爆发出一阵"加拿大万岁"的喊声，中间掺夹着那个极难发音的加拿大姓氏，然后是"共和国万岁""工人阶级和国际大团结万岁"。这时候，那个刚刚被救活的士兵也参与进来，喊了一声，"我也万岁"。诺曼·白求恩一句都听不懂，不清楚大家说了什么，但是显然，这些话让他变成了世界上最幸福的人。

此后不久，白求恩和他的流动血液服务站启程前往各路前线。1937年2月7日，佛朗哥的军队攻入西班牙南部重镇马拉加，超过15万人踏上了逃亡路，其中大多是妇孺和老人。他们唯一的选择是沿着通往附近尚未沦陷的城市阿尔梅里亚的公路步行，哪怕这意味着，他们被暴露在头顶上墨索里尼派来支援的意大利空军的轰炸之下。白求恩的小分队当时正开着血液流动站的皮卡车前往下一个前线。在这条公路的半途上，他们与绵延30公里的逃难人潮相遇。在日记里，白求恩留下了这样的记录：

> 卡车停下来，我站在公路中间。这些人从哪里来？又要去哪里？发生了什么？他们小心翼翼地打量着我，他们已经没力气继续了，却不敢停下来。他们说法西斯追在后面。是的，马拉加陷落了。弹尽粮绝，房屋尽毁。所有还能走动的人都在这条路上了。

加拿大人临时决定改变计划，此后的四天四夜，流动站的车变成了临时的运送车和救护车，白求恩和队友们沿着公路寻找和救助受伤的民众。只可惜，与此同时，阿尔梅里亚很快也被佛朗哥的军队占领，公路的尽头不再安全，路上的人命运未卜。据统计，至少有5000人死在那条从马拉加到阿尔梅里亚的公路上，难以想象，如果没有白求恩和他的小分队，这场"悄无声息的屠杀"还会有多少遇难者。

在西班牙战场上待了7个月之后，加拿大方面决定将白求恩召回北美，而且，据当时在马德里为流动站工作过的莫伊塞·布罗基回忆，白求恩看不惯西班牙效率太低，腐朽无力，时常抱怨这让大家都做不成事情（"所以他去了中国"，布罗基总结道）。的确，不甘心回加拿大的白求恩选择了去中国。在那之后的故事，我们耳熟能详。1939年11月，这个不远万里的加拿大人在中国的战场上殉职，当时，西班牙内战已经在半年多前以共和国一方的失败告终，他曾怀揣着激情与希望救助过的人民还要经历数十年的苦难沉沦，而当年和他一起加入国际纵队来到西班牙的1700多名加拿大人中，有721人将生命永远留在了伊比利亚半岛。

2013年7月22日，在西班牙南部城市加的斯郊外的小镇上，小说家兼历史学家阿穆德娜·葛兰德斯打开了一本浅绿色封皮的硬皮本，写下长篇小说《加西亚医生的病人们》的第一页。这是她的"永无止尽的战争"系列的第四本小说，写作历时4年，共计700多页，出现了207个人物（其中包括45个真实历史人物），时间跨度从1936年内战爆发直到1976年布宜诺斯艾利斯发生军政变。作家通过虚构与真实的巧妙结合，惟妙惟肖地还原了一段又一段掩埋在历史和记忆深处的故事，白求恩与加西亚医生的往事就是其中的一个。

葛兰德斯想像自己敬仰的加尔多斯那样，书写"国家主题的一页一页"，并在其中穿插对责任与负罪、善良的人做出可怕的事、如何审判犯罪等等命题的思考。时至今日，内战和佛朗哥独裁依旧是大多数经历过那个时代的西班牙人所避讳的禁忌话题，佛朗哥统治时代的许多政策与行为也还留有不少遗患。有些作家认为，有时候"选择性的遗忘"是重塑一个破碎社会最好的办法，而葛兰德斯在采访中反驳道：

> 社会只有在解决了那些问题之后才能有遗忘的选项。如果我们没有解决那些记忆的遗患就忙着遗忘它，我们的遗忘是虚假的。在西班牙，这种虚假的遗忘只会暗暗在心里肿胀，最终引发更大的痛苦和仇恨。我们与过去的关系是不正常的。

当实体的伤亡之战宣告终结，当战后的逃亡也成往事，战争仍未结束，因为更为漫长的，是与记忆、与历史的战争。

# "中情局"在西班牙：
# 一段战后遗骸随记

1945年8月15日，日本宣布无条件投降之后，在"二战"中置身事外的西班牙一夜之间成为世界上最后一个依靠法西斯扶持起来的政权。1939年西班牙内战结束之后，在德军的慷慨相助下获胜的佛朗哥开始了30多年的独裁统治。1946年召开的联合国第一届大会连续讨论通过三份题为"西班牙问题"的决议，探讨佛朗哥政权对国际和平与安全的影响，并于12月由联合国大会通过第39号决议，明确表示在西班牙未组成符合国际社会认可的新政府之前，阻止佛朗哥政府加入联合国及其相关国际组织，并建议联合国全体成员国召回派驻西班牙大使。就这样，二战结束伊始，在法西斯的恐怖仍然历历在目的年代，西班牙成了国际社会中最不受欢迎的存在。如此一来，佛朗哥索性国门紧闭，全靠自给自足勉强度日，民不聊生的经济困局也丝毫没有耽误他继续迫害追讨除异见人士的性命。

然而，正如历史一次又一次向我们证实的那样，国际格局大洗牌的赌局中，看似出于"公平正义"的一招一式不过是更大的利益角斗过程中筹码的交互。生灵涂炭的战争过去没有两年，冷战的两大阵营已经虎视眈眈地咬紧牙关，西班牙特殊的地理位置让美国人开始对它产生地缘兴趣。掌控着直布罗陀海峡的西班牙对欧洲和中东的防御体系不可或缺，稍有不慎就会给地中海上的美军战舰带来极大麻烦，美国对意大利、希腊和土耳其的支援也可能因为西班牙的立场而变得困难重重。由此，这个最不受欢迎的国家摇身一变成了冷战沙盘上的战略要地。这时候，几年前还被联合国大会严词厉色谴责的法西斯独裁政权似乎又不显得那么难以容忍了，佛朗哥斩钉截铁的反共态度更让美国觉得自己完全可以跨过"独裁与否"的藩篱将西班牙变成盟友。

1951年，时任"北约"司令的艾森豪威尔前往欧洲与成员国首脑会面，日程上最主要的议题就是说服这些盟国"软化"他们对西班牙的态度和立场。当时许多欧洲国家都对西班牙抱有深深的敌意，法国国防部长朱尔·莫克直截了当地告诉艾森豪威尔自己无论如何都不会考虑让西班牙参与欧洲对抗苏联的防御体系中，不会允许西班牙以任何方式与"北约"合作。听闻此言，艾森豪威尔有些恼火地问道："所以如果说俄国人攻占了德国然后逼近巴黎，这时候西班牙有七个师可用，您会拒绝吗？"答案自然是"不会"。

两年后的1953年，美国与西班牙签订军事互助双边协议，美军陆续在西班牙建立四个军事基地，其中最重要的当属马德里近郊卫星城托莱虹的空军基地。如今的托莱虹是个平凡无奇的卡斯蒂利亚小镇，暴晒之下的广场，零星的咖啡馆和闲散的当地居民，镇上唯一的综合体育场用的是从那里走出的皇马前副队长何塞·古蒂的名字。而在20世纪50年代，托莱虹是世界瞩目的焦点，1959年已经当上美国总统的艾森豪威尔第一次访问西班牙时，在马德里的最后一站就是托莱虹的军事机场。1955年，距离第39号决议通过未满10年，佛朗哥政权屹立不倒的西班牙获准加入联合国，国门重新打开，如织的游人和美国提供的援助让西班牙的经济局面一时间稳定兴旺。

整个60年代，美国疲于处理危机频发的加勒比海，西班牙也继续勤恳地当着美军在欧洲最重要的军事基地。1969年，年事已高的佛朗哥宣布等自己去世后，胡安·卡洛斯王子将成为西班牙的国王。即将踏入70年代的美国此刻正在应付苏联日渐强大的实力，西班牙随时可能发生的政权更迭实在让他们心神不宁。1970年，时任美国总统尼克松出访西班牙，一年后又将心腹要员弗农·沃尔特斯派去西班牙执行"无可比拟的重要任务"：和佛朗哥讨论他的身后事。多年以后，沃尔特斯在回忆录《秘密任务》中写道："（尼克松）的愿望是佛朗哥把王位交给胡安·卡洛斯王子。他觉得这是最理想的方案，是佛朗哥本人可以领导的、和平有序的过渡。如果这个方案不能被采纳，尼克松总统就希望佛朗哥可以提名一个强硬的首相来肩负起从佛朗哥政权向君主制的过渡重任。"

尼克松指示沃尔特斯一定要与佛朗哥单独会面，弄清他为自己死后预备的政治和军事措施。这其中第一个难题就是如何绕开其他外交官员争取到单独会面，再者，和一个人谈论他自己的死亡总不是一件容易的事。最后还是西班牙的外事部长帮了忙。佛朗哥显得十分冷静，他告诉沃尔特斯自己已经做好了一切合适的决定，等他死了，"一切都绑好了，而且绑得很紧"。不过沃尔特斯还是心里没底，又在马德里拜访了几位西班牙军队的高级将领，大家都明确表示支持王子继位，但也都认为佛朗哥不会在死前让位，倒是有可能会同意任命一位新首相。于是这位特派员紧接着去拜访了当时的二号人物、两年后被佛朗哥任命为新首相的卡雷罗·布兰科。两人会面的结果是美国帮助西班牙建立一个新的情报机构来准备和控制佛朗哥去世后的西班牙政权过渡。

从西班牙回来之后不久，沃尔特斯就被任命为美国中央情报局副局长，1972年3月，西班牙中央档案局在美国的协调下成立。年轻的曼努埃尔·费尔南德斯上尉作为西班牙情报人员代表前往华盛顿与档案局负责人何塞·伊格纳西奥·圣·马丁一起同美国政府及军方的高层会面。在五角大楼，一位美国将军指着一张展开的世界地图问费尔南德斯看见了什么。"世界地图。""正中央是什么？"——不同国家出版的世界地图有不同的绘制重点，而这一张地图的正中央是伊比利亚半岛——"中间是西班牙"，费尔南德斯回答道。美国将军笑了，说："这就是要你来这里的原因。"

在美国国务卿和中情局的一手策划之下，那次会面计划了中央档案局即将实施的几项核心行动。首先是"维纳斯行动"，控制佛朗哥死后从葬礼到后续几天西班牙街头巷尾的情况，确保所有关键机构在政权交接期间照常运转。其次是主要由陆军负责的"狄安娜行动"，为万一出现国家元首空缺的情况进行军事干涉做好了预备。这一行动的宗旨后来被写进了西班牙1978

年宪法的第八条，给予军队在政权空置的紧急情况下可以干预的权力。1981年发生的那场震惊世界的"223政变"中，米兰斯将军和特赫罗上校突袭议会大厅、控制当天因为投票全员出席的议员造成政权不明的假象，正是想以"狄安娜行动"为借口发动"合法"的军人干政。

后来，费尔南德斯回忆说，那场会面谈论的"根本不是西班牙的民主过渡要怎么做，也不是首相或者国王怎么样，他们都是大洋彼岸那个国家设计好的一盘大棋上的棋子"。的确，中情局在美国驻西班牙大使馆内设立的分站还帮助中央档案局详细计划了胡安·卡洛斯王子继位后最初的六个星期每时每刻应该做什么，具体到要对智利独裁者皮诺切特保持冰冷疏离的态度，或者和德国总理握手的时间一定要比和法国总统季斯卡握手的时间短等等。美国坚持他们"政治大家庭"里的每一员都应当参与到西班牙的政权过渡中来。据1975年佛朗哥去世前夕《纽约时报》刊登的文章记载，中情局与西班牙的主要政党都保持着关键联系，包括圣地亚哥·卡里略领导的西班牙共产党，1977年12月卡里略甚至作为西班牙共产党总书记受耶鲁大学邀请访美，这在当时的冷战格局下几乎是不可想象的事情，事实上他也的确是二战结束以来第一位到访美国的欧洲共产党领袖。

1975年11月20日佛朗哥去世，两天后，胡安·卡洛斯王子登基成为胡安·卡洛斯一世国王，佛朗哥政权留下的纳瓦罗继续任首相。美国全面参与的政权更替计划似乎实行得十分顺利，然而他们却错算了一个人。国王选择将信任放在与自己同样年轻的阿道夫·苏亚雷斯身上，苏亚雷斯于1976年在国王的支持下取代了纳瓦罗，与各方政党协商，柔中带刚地推动了1977年大选的实现，并在大选中获胜成为西班牙第一任民选首相。美国人很快就会发现，这个计划外的人物让他们对西班牙的摆布变得不再那么轻而易举。

20世纪80年代初，冷战局势的天平让美国急于敦促西班牙加入"北约"，正式成为他们的利益共同体。然而，在美国不断的施压之下，苏亚雷斯始终不置可否，继续专注解决西班牙内部的诸多争端和遗留问题。与此同时，苏亚雷斯的对外政策也让美国人颇为不满，他对古巴和阿尔及利亚的访问在美国政府看来完全是在与第三世界交好。也是在1980年，和西班牙一样因其特殊地理位置而在冷战中具有重要战略价值的土耳其政变了。9月12日土耳其政变爆发之时，费德里科·昆特罗上校是加派西班牙驻土耳其大使馆的军人，西班牙军方要求他撰写一份关于"土耳其式政变"的报告，在中情局安卡拉分站负责人、军事分析专家约翰·肯尼的指导下，这份报告完整记录和分析了成功发动军事政变的方方面面。从1980年12月起，《昆特罗报告》开始在西班牙军队中广为流传，由上至下分发阅读。西班牙军人在土耳其政变的胜利中看到了新的希望，他们知道美国人在背后支持了土耳其的政变，也知道美国政府早已对苏亚雷斯心怀不满。1980年一整年都有传闻的政变随着巴斯克局势的失控和内忧外患的局面而越发逼近。年底苏亚雷斯前往王宫会见国王的时候，还有两名将军在场，中途趁国王离开一会儿的当口，两位军人掏出手枪放在桌上，要求苏亚雷斯辞职。

到了1981年1月，中情局马德里分站的负责人、政变专家罗纳德·埃斯特斯手上已经得到了许多关于西班牙军队意欲政变的情报，听说这次他们"准备干一票大的"，但是他们没有告知西班牙政府。1月29日，苏亚雷斯辞去首相一职，在最后的讲话中，他说："我不希望民主协商的制度再次成为西班牙历史上的昙花一现。"

与此同时，美国也完成了总统的更换，里根的入主让中情局更有底气对外"保护"美国的利益，共和党的胜利对即将发动政变的西班牙军人而言也是好消息。2月14日，美国驻西班牙大使特伦斯·托德曼同西班牙的阿尔玛达将军在北部洛格罗尼奥郊区的一间仓库秘密会面，共同研究未来局势发展，讨论如何保证美国在西班牙的利益，将军也表示西班牙能有美国这样的盟友对自身的政治稳定也十分有利。另一厢，苏联驻西班牙大使警告西班牙政府说他们截获情报有军人秘密集会，当时正在昆卡打猎的国王不得不坐直升机赶回马德里。

政变发生前48小时，西班牙国家高级防御情报中心的指挥官何塞·路易斯·科尔蒂纳专程拜访了两位在马德里的重要外交人员：美国大使特伦斯·托德曼和梵蒂冈罗马教廷大使安东尼奥·因诺森蒂，提前告知他们2月23日下午将会发生什么并获得默许。当时的文件资料大部分都在政变失败后立刻被人从情报中心的 IBM 电脑中删除了——那是政变前不久他们刚刚斥巨资100万比塞塔购得的稀罕物。直到多年后有了解密的机要档案和已经离职的工作人员的人证，事情的真相才渐渐浮出水面。

在政变失败后的审判中，特赫罗上校表示自己曾经得到科尔蒂纳的保证说他们的行动会得到美国的支持。而参与政变的唯一一个平民胡安·加西亚·卡勒斯也在回忆录中佐证了特赫罗的证词："特赫罗对我说他和阿尔玛达将军在科尔蒂纳家中见过面了，科尔蒂纳告诉他外交方面自己已经打点好，美国同意在对外态度上采用不干涉他国内政的原则，同时国务卿黑格先生祝福我们行动成功。"

"223政变"发生前夕，美军对在西的所有军事设施都加强了防备，甚至建议在马德里的美国雇员的子女在2月23日当天不要出门。2月23日早上，美军命令在西的空军飞行员全部在托莱虹、萨拉戈萨等四个基地原地待命；一组美军战舰也一直在巴伦西亚海域徘徊，据称是在执行"地中海监控任务"。华盛顿时间下午四点半，美国政府作出了对西班牙政变的第一个回应，当时是马德里时间晚上十点半，局势还悬而未决，国务卿亚历山大·黑格与他正在会见的法国外长弗朗索瓦·庞塞一起接受记者的提问，法国人的态度是毫无保留地谴责发动政变者，而黑格却说："我们在关注事态发展。我们觉得这是西班牙的内部事务。"

政变风波平息以后，苏亚雷斯在自己前往美国和巴拿马的私人访问中取消了之前美国使馆安排好的与国务卿的会谈，断然拒绝与黑格有任何接触，理由是国务卿先生在"223政变"中的行为和第一反应与两国作为政治和军事盟友的关系不符。在那次访美的过程中，苏亚雷斯说："没有人能对我施压，美国人就更不能。"

1982年，西班牙议会通过了加入"北约"的决议。苏亚雷斯的继任者莱奥波尔多·卡尔沃·索特罗在笔记中写道："至于北约的事情，我在苏亚雷斯身上看到了他一定程度的反美主义。纠正和明确我们的方向是我作为首相的当务之急。"

　　多年以后，苏亚雷斯罹患阿尔茨海默症，不再记得自己做过西班牙的首相，捍卫过祖国的民主与自主，国王去看望他的时候，他已认不出曾经并肩作战的挚友，听到随从说"这是国王，是你的朋友"，只是微微笑了。2014年4月苏亚雷斯去世，墓碑上刻着"协商是可能的"，马德里机场随即更名为"阿道夫·苏亚雷斯机场"。国王发表悼词的时候，背景书桌上放着的相框里是最后一次见面两人散步的背影。两个月后，胡安·卡洛斯一世宣布退位，由费利佩王子继位。西班牙的一个时代落幕了，却有更多记忆的遗骸逐渐被挖掘出来，代替当事人记住乃至重新认识那段历史。

# 一个人的编舟记

1981年玛丽亚·莫利奈尔去世的时候，加西亚·马尔克斯在为她撰写的悼文《写词典的女人》中说：

> 我感觉仿佛失去了一位为我工作多年的故人。她凭一己之力，独自在家写出了卡斯蒂利亚语中最完整、最实用也最有趣的词典。

"加博"所指是莫利奈尔倾尽15年心血完成的《西班牙语用法词典》，两卷本，3000余页，每个词除了用最简洁明了的西语释义，还有如同几十年后网络时代的"链接"一般的词条导引，指向另一个在用法或语义上与之关联的词。在当时的西班牙，皇家语言学院编撰的"官方"词典是唯一的权威，而莫利奈尔重新审阅修订了权威词典中的词条和定义，将报刊广播、日常交流、地方口语中出现的新词补充进去，并将释义的语言改得更为通俗易懂。

自1967年初版问世以来，莫利奈尔的词典被无数用西班牙语写作的作家放在案头，时至今日依旧是研究西班牙语的学者和非母语的西语学习者最常用的工具书。不过，对莫利奈尔而言，在她写下千万张词条卡片，堆满家中每一个柜子的漫长岁月里，这些后来的使用者，他们的面目并不明晰。相比之下，这部词典更是为了写给她内心的光，是一个知识分子在公共维度的大溃败中唯一能实现的个人理想，是风雨飘摇的外部环境里她所能保有的最后的价值与尊严。

1952年，当莫利奈尔决定开始这场耗时15年的摇曳之旅时，她已经过了知天命的年纪，在马德里工程技术学院的图书馆里做着唯一的图书管理员。学院里的其他工作人员要么对她一无所知、避而不谈，要么在私底下管她叫"那个赤色分子"——他们听说她是在内战刚结束的"大清洗"里被定罪发配到这里的，罪名里第一条就是"对红色政权非常忠诚"（在佛朗哥分子眼中，第二共和国政府的人都是"红色的"）。他们不知道的是，这个面色平静、寡言而干练的中年女人此时的职级比共和国时期降了整整18档，她被定罪是因为共和国政府全面支持了她提出的乡村图书馆建设方案。20年前，她将青春与激情投入到建设公共图书馆之中，想要通过普及阅读来对抗愚昧，而她绝不因此认罪道歉。

1931年5月29日，西班牙第二共和国在成立一个多月之后提出了组建"乡村教育使团"的倡议，旨在为最偏远的乡村也带去"进步的气息"。当时的西班牙，有40%的人口都生活在总人数少于5000人的乡村，大多数图书馆都是属于城市里的少数人的，隶属大学或科学学会等教研机构，并不能满足大众的个人阅读需求。建设乡村公共图书馆和流动图书馆因此成为

"乡村教育使团"运动前三年里投入最多的项目。包括安东尼奥·马查多、路易斯·塞尔努达、玛丽亚·桑布拉诺、加西亚·洛尔迦在内的许多知识分子都参与到这场声势浩大的文化项目中。当时在档案馆工作的玛丽亚·莫利奈尔依凭她对图书馆事业的热爱与了解成为规划和建设图书馆的中坚力量。从1931年到1933年,西班牙全境新建了3151家乡村图书馆(1935年,这一数字上升到5000家),有近20万成人和27万儿童在这些图书馆里借阅过书籍。1935年5月20至30日,世界图书馆与书目大会在西班牙召开,莫利奈尔做了题为"西班牙的乡村图书馆和图书馆网络"的发言,提出要让图书可以流动到哪怕最小、最偏远的村镇,因为图书馆是"属于所有人的"。发言中已经能看到她在两年后出版的《小图书馆服务指南》的雏形。这套方案以乡村地区的阅读问题值得优先考虑为出发点,结合她走遍巴伦西亚周边的乡镇组织"图书馆日"的经验,涉及图书选择原则、与村民的沟通方法、图书馆选址等方方面面的问题。1938年,莫利奈尔的指南被翻译成法语在巴黎出版,成为欧洲不少国家此后建设公共图书馆的参考。而在西班牙,这项她投注无尽心血与热情的事业却即将被战火彻底打断,再也无法被重拾。

1936年9月,西班牙内战爆发后两个月,莫利奈尔被任命为巴伦西亚大学图书馆馆长。同年11月,共和国政府迁至巴伦西亚。从那时起,直到内战结束,这座东南部的港口城市成为支持共和国一方的知识分子云集的重镇。莫利奈尔也同时负责共和国政府的"图书获取及国际交流办公室",用西班牙在战火中出版的图书与国外的新书进行交换，用她小儿子的话说，就是"用印着埃尔南德斯或者马查多诗句的粗糙纸本换来那些尚未被战火侵袭的国家出版的精装书"。从1937年3月到1939年4月，办公室将总计43万册图书分往昆卡，瓜达拉哈拉，阿利坎特，马德里和塔拉戈纳等地。在战时的贫困与绝望当中，莫利奈尔和她的同事在炮火中保管着收到新书的喜悦，油墨与纸张的香气，畅想着等战争结束了，这些书就可以在某家图书馆上架。这是最重要的。一个国家不能没有书。莫利奈尔想，最重要的是战争结束之后，这些书能被送到所有人手中。然而，一场没有想到会输的战争，输了。1939年3月29日，在莫利奈尔39岁生日的前一天，佛朗哥的军队攻占了巴伦西亚城。

战争的结束仅仅是战败的开始。这不是终结，而是更大的不确定和绝望的开端。对坚信并践行着第二共和国文化事业的莫利奈尔和她的丈夫费尔南多·拉蒙而言，等待他们的只会是更黑暗的际遇。很快，战后的"大清洗"和迫害开始了。内战期间，费尔南多·拉蒙是巴伦西亚大学科学系的系主任，此时，他失去了教授职称和工作，只能在家中如同困兽，备受抑郁症折磨的他坠入满是阴影的深渊。莫利奈尔也被定罪，10条罪名写满一整页纸，她曾经梦想过并已经几乎实现的生活全部坍塌，一切要在不惑之年重新开始。

作为西班牙"自由教育学院"体系培养出的第一代女性知识分子，莫利奈尔依旧相信教育家巴特洛梅·科西奥的话，只有知识和教育才能拯救西班牙。这是她历经幻灭之后仍然屹立的信念。只是，这个曾经亲身亲力改变乡村知识面貌的女人如今只是内战战败获罪的幸存者，完全被噤声了。在那场被称为"光辉运动"的大动荡里，词语失去了它们本来的意义：忠诚的人变成了叛徒，追求进步、热爱文化变成了新的瘟疫。莫利奈尔的知识积累与学术成就在那些日子里变得分文不值，她的想法和主张毫无用武之地。

生活就这样重新在马德里开始。全新的孤独。莫利奈尔对白天的工作提不起什么兴趣。1952年，一个独自在家的下午，她翻看着儿子从法国带回来的《当下英语学习词典》，忽然萌生了一个想法，她要写一本真正帮助人们使用西班牙语的词典。内战结束已经十多年了，她第一次重新拥有了被战争夺走的内心自由。这将是一场激动人心的旅程。她可以随心所欲地在另一个世界里寻找新的路径，而且没有任何时间或人的限制。她热爱整理、创造、搭建和连接。在一个可以整理的世界里寻找事物之间的和谐，用真正的名字命名它们，将词语归回它们本来的位置。

此后的15年，莫利奈尔每天早起在家里的餐桌上铺满卡片写词条，下午下班后再继续为词典工作。每天在图书馆上班和在家伏案写词典的时间加起来要超过15个小时。到了夏天，全家人一同外出，她就在塔拉戈纳省一个海滨小镇的角落继续工作。海滩上人潮汹涌，而莫利奈尔身处另一个世界。在她的工作台上，总是摆着奥利维蒂22号打字机，写满字母、涂涂改改的卡片和一本语法书。她活在词语当中，做着与词语有关的梦，不断建造词语的家园，添加新的砖瓦，新的卡片，新的词条，划定词语之间的界限。对她而言，语言之美在于词语的逻辑如数学般绝妙，它们的内在含义与连结就能够勾勒出整个世界的目光。

无论是休假期间的全情投入，还是平时每天上班前和下班后的伏案工作，莫利奈尔都是快乐的，这部巨制作品成为每天早上推着她起床的动力，那是一种秘而不宣的快乐，把生命完全交托给一项事业，让她感觉到生活重新属于了她。自巴伦西亚沦陷的那天起，她生命的一部分也随之死亡，她却活了下来，从死一般的沉寂中重生，这部词典就是她的新生。整个50年代，她都在耕耘她的词典，西班牙新经济法案的通过让佛朗哥政权趋于稳定，也让内战结束后头20年里人们期待的革命希望彻底破灭。莫利奈尔知道外部的一切只会继续下去，继续失去舞台，继续一无所有。然而，在道义的废墟与不堪面前，面对外部的晦暗，她还有词语孕育出的光。

1967年，《西班牙语用法词典》出版，一位知识分子将大环境下无法施展的抱负与智识都凝聚于此。在卷首的介绍语末段，莫利奈尔写道："虽然这部词典并非完美，编撰者已凭所有可能的努力靠近完美。"——虽不能至，心向往之。也是因为这份向往，第一版刚刚问世，莫利奈尔就开始了增订工作。作为撰写者，她最大的目标是让使用这本词典的读者能够准确地叫出事物的名字，表达概念和感情。因而，这是一部双向的词典，既可以用它去解释一个词从而理解一句话的意思，也可以为了表达一个意思去书中寻找最精确的表达。这样的编写理念让许多作家、译者和学生受益匪浅。

1972年，媒体和学界开始为她造势，希望能推选莫利奈尔进入西班牙语言学者的最高殿堂：西班牙皇家语言学院。当时皇家语言学院还没有任何一位女性院士，那一年，他们也没有放下腐朽的保守。直到1978年，卡门·孔德才荣膺第一位女院士，而孔德至今仍坚持认为，这一殊荣本应属于莫利奈尔。不过，对我们的词典学家而言，词典本身才是她生命中最大的奖赏。闹剧过后，她又平静地回到了词典的增订工作中。1972年11月20日，莫利奈尔在写给儿子的信中说：

> 无论如何，这是一段有趣的经历。要知道我在写那本词典的时候从来没想过要得到什么荣誉。直到现在，我也从没认真觉得他们会选择我。而且，我也很担心他们选了，因为我的身体状况已经不能完成他们期待我能做的事了。我从没想过自己会得到这么多的关注。总之，都过去了，我重新获得了安宁和平静。我要接着生活了！

在同年写给出版社的信中，莫利奈尔也表示："只要我还活着，就会持续增订词典。"命运却用一种近乎残酷的方式剥夺了她继续的机会。从1973年开始，莫利奈尔的记忆大幅衰退，医生的诊断是脑动脉硬化，病人会逐渐失去记忆，意识混乱，最后陷入阿尔茨海默症的空白中。1975年，莫利奈尔在儿子的陪同下最后一次出席与出版社的会议，她本人完全没有说话，编辑后来回忆说："我觉得她已经不太知道正在发生什么了。"

就这样，记忆开始入睡。这个曾经能用最精准的语言为事物命名的女人，这个能给每个动作都找到合适表达的词典学家开始被遗忘的黑洞吞没。直到词语也抛弃了她。她开始忘记事物的名字。最开始，她还能在花园里找到庇护，因为那里有她仅存的还会说的词：天竺葵，百合，黄玫瑰……到了1975年年末，连这些词的意思她也不知道了。静默和更盛大的静默层层叠叠覆盖了她全部的生命。最后那几年，她已经认不出任何孩子和孙辈，唯独有一次，别人在她面前提起UGT（西班牙工人总工会，内战期间共和国一方的武装力量之一），莫利奈尔轻轻倒吸了一口气，把手指放在唇间说，"嘘"，仿佛这三个字母的组合在她残存的记忆深处依旧与更恐怖的过往相连。

2017年，在初版词典出版50周年之际，《西班牙语用法词典》第四次增订再版，并第一次附上了可供电脑使用的光盘。莫利奈尔的词典依然在替她记得事物的名字和世界本该有的样子。忆及莫利奈尔生命中的最后10年，很难不联想起电影《依然爱丽丝》里主人公的独白，和语言打了一辈子交道的语言学家罹患阿尔茨海默症，词语从她的脑海里一个接着一个流逝。每当此时，总不免一厢情愿地希望，那个没有了名字的地方，如她词典的万千受益者中的一位在《百年孤独》开篇写到的那样：世界新生伊始，许多事物还没有名字，提到的时候尚需用手指指点点。

# 缺席的三十九年

2018年12月6日是西班牙第一部民主宪法颁布40周年的纪念日，马德里索菲亚王后艺术馆开启题为"民主的诗学：过渡时期的图像与反图像"的展览，复原了1976年"威尼斯双年展"上西班牙展馆的部分展品，并配合展映当时意大利电视台拍下的影像资料。1976年是佛朗哥死后的第一年，威尼斯成为西班牙艺术家集体发声的舞台，主题大展名为"西班牙：艺术先锋与社会现实（1936—1976）"，如同1937年首次展出《格尔尼卡》的巴黎"世博会"西班牙馆布展的续篇。展馆一进门就是一张杯盘碟盏、餐巾桌布齐整的宴会长桌。所有的座位都是空的。每个座位前方的葡萄酒杯旁边都摆了一个桌签："米格尔·埃尔南德斯""安东尼奥·马查多""费德里科·加西亚·洛尔迦"……全是在内战和战后独裁时期遇害的诗人、作家和学者。这个装置艺术的名字，叫"缺席者的餐桌"。

一

女囚牢里，在每天下午决定第二天早上要死的人。到了晚上，修女们的脚步从一间一间牢室外滑过告知迫近的死讯。无人入睡。所有人都在等修女的脚步声在不在自己的牢门外停下，直到听见走廊尽头牢房区的大铁门"咔啦"关上，知道至少还有一天可活。

1933年，15岁的胡安娜·唐娜在父亲的抽屉里翻出一本薄薄的册子，刚开始她以为那是一本诗集，翻了翻发现讲的是看不懂的共产主义，听说街区里有个青年共产主义者的小组，便找上门去解惑。房间里贴满了海报，有十几个年轻人用她激烈地讨论着她听不懂的话，17岁的欧亨尼奥·梅森是其中之一。

1939年，她从阿利坎特的"杏仁林"集中营幸存下来，带着奄奄一息的两岁小儿挤在闷罐火车里回到首都。那个经年轰炸之中还把床单撕成横幅写上"他们进不来"挂在街头巷尾的马德里已不复存在。街上的高音喇叭反复放送着胜利的颂歌，人群向斜上方高举右臂跟着旋律嘶吼。私底下，老百姓用谐音给"死刑"起了个名字叫"佩帕"，编了广为流传的歌谣：

佩帕，佩帕
你带上这么多人要去哪
你让马德里全空啦

1940年，她用伪造的证件去也塞利亚斯监狱探望丈夫。她知道他正在等待死刑执行，而他知道，如果她被抓住，等待她的也是同样的结局。他们透过两层电网看着对方，中间是一米宽的走道，警卫来来回回巡逻。得喊着说话才行。他只说了三句话：

救你自己。

我爱你。

别再来了，你会被发现的。

就要处刑了，一切减刑赦免的努力都无功而返，仅剩的可能是在行刑当天去东方公路上打劫运送犯人去墓地枪决的囚车。她只身前往圣塞巴斯蒂安筹款未果，回到马德里的第二天又去了监狱。隔着两层电网和一米宽的走廊，得喊着说话才行：

我什么都没带来。

他听懂了。

1941年，他被执行枪决。最后一晚，他下了整夜的象棋，给她写了一封信：

亲爱的，振作！不要哭，把心脏抓紧。我会平静地死去，因为曾经和你幸福地共度生命，因为始终忠实于你的爱。昨天你问我们要不要花。是的，带花来吧，带到我们的身体倒下的乱葬岗上来吧，他们唯一能枪决的只有我们的身体。我不想要眼泪。行动，行动，行动！吻你，我的布娃娃。愿你幸福。欧亨尼奥。

1947年，她在家中被捕，那天她和他的儿子9岁了。警察缴走了她口袋里的14个比塞塔硬币。她原本打算给儿子买个足球当生日礼物。

## 二

普里莫·莱维从奥斯维辛死里逃生之后为死于集中营的爱人写下短诗《1944年2月25日》:

> 我想要相信,
> 是死亡之外的某些东西毁了你。

## 三

在1939年12月31日的年终讲话上,佛朗哥对德国的"反犹"政策大加赞赏,甚至宣称西班牙15世纪天主教双王驱逐犹太人的先例为纳粹做出了表率。也是在那次讲话中,佛朗哥完全否决了一切和解的动议:

> 终结我们最近这场战争中的恨意与群情确实必须,但不是用那些自由派的办法(他们提出的那种可怕的、自杀式的大赦并不是谅解,而是诈骗)。必须让他们满怀忏悔地服刑和劳动。我们有责任惩罚罪犯。

军事法庭的审判只是走个过场,十几二十个被指控不同罪名的犯人同场受审是家常便饭。任何一个村子，只要在内战中发生过佛朗哥分子被杀的情况，就几乎能确保一个死刑判罚。村子里任何反对过佛朗哥的人都可能遭到举报，无论是否有证据，都可以被控杀人。有一例判决某个铁路工死刑的文书这样写道："虽然没有任何证据证明此人参与了谋杀，通过他的信仰，我们合理推断出：是他干的。"当权者的逻辑是：既然他们是共和国分子、社会主义者、共产党、无政府主义者……他们一定参与了。

1940年10月19日，纳粹德国党卫军头目海因里希·希姆莱抵达西班牙，为之后希特勒和佛朗哥的会面打前站。他途经的城市，无论圣塞巴斯蒂安还是布尔戈斯，街道两侧都挂满"卐"字旗。10月20日，长枪党高级将领在马德里丽兹酒店接待希姆莱，陪同他去见佛朗哥，并在此后几天里，带他参观了政治监狱和集中营。希姆莱看到西班牙严重缺乏修复和建设道路、房屋的劳动力，同时却有成百上千的壮年人在可怕的生存条件里等死，这个直接参与对犹太人的大屠杀、后来被称为"有史以来最大的刽子手"的德国人大为震惊。他告诉佛朗哥，西班牙在浪费宝贵的人力。他认为意识形态的敌人和种族敌人是不一样的，所以西班牙不该一门心思地要消灭所有异己，而是可以枪决一小部分激进分子，关押一部分，让剩下的人在严密的监控下劳动。对于这番言论，佛朗哥没有买账。

内战结束时，仅巴伦西亚大区的三个省份就有超过15000人入狱，到了1939年底，仍有一半以上继续被关押，最终，4700人被处决。犯人们被赶往阿利坎特市郊的一大片杏仁林，路边横陈的尸体，是尝试逃跑被击毙的人。"很快，我们开始羡慕那些死人。"许多附近村庄都派人来认领犯人带走处决。监狱里，犯人们每天吃完饭要在大厅列队唱一个小时的长枪党颂歌右手向斜上方举起法西斯式的敬礼，唱完歌最后要高喊"佛朗哥万岁！长枪党万岁！""西班牙，团结！西班牙，伟大！西班牙，自由！"。唱错词的人会遭到毒打。

## 四

20世纪40年代，战后大规模清洗与追捕异己刚刚开始的年头，在一列开往马德里的火车上，两个警察走进车厢，要求里面的乘客出示证件。好几张证件要么皱皱巴巴，要么残缺不全，甚至还有一张过期了。其中一个警察举起其中唯一一张令他们满意的身份卡亮给其他乘客看："先生们，看好了，这他妈才叫证件！"

这张证件是西班牙人多明戈·马拉贡在巴黎一个狭小的房间里伪造出来的。

内战爆发的消息传来的时候，他正在给一个眼睛绝美的女孩画肖像。那时他是马德里最负盛名的圣费尔南多皇家美术学院毕业年级的学生。1936年夏天，他中断学业志愿参军，同时为战时刊物画插画。在1995年出版的两卷本《西班牙二十世纪艺术史》中，我们可以在关于内战时期绘画与版画的一章中读到这样的段落："报刊中的插画是这一时期最活跃的艺术形式。大刊物上的插图都是由声名显赫的艺术家完成，有些发行量较小的报刊也与以下画家合作：巴达萨诺、叶斯、帕利亚、马拉贡……"

到了1938年12月，马拉贡所在部队被迫退至西法边境。战败已不可避免。1939年2月，法国终于开放了自己的边界，40万逃难的西班牙人越过边境，被暂时安置在法国南部海滩上用铁丝网围起来的难民营里。这其中就有马拉贡，他到难民营的时候随身只带了一个装了点食品的枕头套，几件衣服和一盒画笔。

很快，马德里沦陷的消息从西班牙传来，共和国输掉了内战，佛朗哥要建立一个类似法西斯的独裁政权了。就这样，在异国他乡的海滩上，40万人在同一天失去了祖国，大家都不知道该去哪里，该怎样活下来。铺天盖地的绝望情绪当中，马拉贡重新拿起了画笔，想通过给难民营里的人画肖像来转移注意力。他的才能被同在难民营的一个叫何塞·马丁内斯的军官发现了，两人决定一起逃到附近城市去以卖肖像画为生，攒了一些钱之后，他们又跑到了巴黎租了一个房间。马丁内斯负责招揽顾客，拿照片回来让马拉贡画肖像。马丁内斯鼓吹他是"西班牙最伟大的画家马里亚诺·本利尤尔的儿子"。马拉贡一听说就连忙让他不要这么吹了——别的不说，本利尤尔是个雕塑家。

两人没干多久就散了伙，纳粹占领法国后，一切变得更加艰难。马拉贡得想别的办法活下去，而且，不仅是活下去，从心底里，他还是想以某种方式继续斗争，甚至动过念头偷偷潜回西班牙去参加反抗佛朗哥的地下行动，只是没能成行。与此同时，西班牙正在进行大规模的清洗和迫害，各地都设有关卡查验证件，有数以十万计的人因为在内战期间某种支持共和国一方的行为而入狱，几万人未经审判就遭到处决。一个偶然的机会，马拉贡开始为这些在西班牙国内四处躲避迫害的人仿造通行证和护照。

就这样，一个完全不同于画布、石膏像与油彩的陌生世界向他敞开了门，而他则将科班出身的绘画、书法、装裱、雕刻等等技艺全部用在了这项秘密的工作上。每当遇见从西班牙持合法证件来到法国的人，马拉贡都会想尽各种借口，讨来这些人的护照或者通行证仔细观察。他反复做实验，把废旧轮胎的橡胶切成小块来刻印章，再用剃须刀片打磨。他从旧货市场的老书上撕下泛黄的空页，作为真正被时间做旧过的证件纸片。有一次，他在巴黎一个小摊子上遇见了一种用来盖沙发的透明罩子，质地恰恰和西班牙当局用来给护照卡过塑的塑料膜一模一样。于是他开始地毯式地在巴黎大大小小的古董家具市场搜索这种透明塑料。除了伪造证件和许可，他也用石膏做圣母和圣徒的半身像，中空的腹部用于传递《世界工人报》等地下刊物与文件。

1951年佛朗哥政权更换颁发了新的身份卡，西班牙媒体鼓吹它"不可伪造"，但是很快马拉贡就全然无误地复制成功。马拉贡伪造的证件让无数同胞躲过佛朗哥政府的追捕，在西班牙和欧洲乘坐交通工具，或在法国合法生活。法国学者雷吉斯·德布雷能在1967年奔赴玻利维亚与切·格瓦拉并肩作战，依靠的也是马拉贡赶制的假护照。

由于地下工作的保密性，工作日马拉贡必须远离家人，住在另一个小房间里。对于他在西班牙的家人而言，自1946年起他就音信杳无，直到1964年，他的两个儿子凭着父亲的描述在马德里的维多利亚女王大道上找到那间老房子，敲开门的时候，孩子们正要开口问门内的老太太是不是马拉贡的母亲，她却没等他们说完就高兴地大叫："我儿子活着！我儿子活着！"

马拉贡本人要等到佛朗哥死后两年的1977年才重新回到西班牙定居，那时候他已经61岁了。时之终结，他蓦然发现，自己人生的其他使命早已在38年的流亡生涯中消逝了：

> 对我们这些1939年不得不翻越比利牛斯山开始流亡的人而言，我们失去的不仅是空间，时间也打败了我们，我们失去了和自己所剩无几的国家共同变化的可能。当我的使命终于结束，我以为可以求得某种依靠，在61岁的时候，终于可以专心绘画。我以为我会有这样的机会，我想回到我真正的渴望与热爱当中。意识到已经来不及了，这恐怕是最艰难的事。

他到底没能当成画家。

五

　　从1936年到1975年，在战争与战后压迫中缺席的远不仅是"威尼斯双年展"西班牙展馆里的那张餐桌上一个个载入史册的名字，更是无数普通人的生命原本的可能性。

　　　　生命钉住我们，正因为
　　　　它不是我们以为的样子。

共同的荒唐

# 瘾

有一句关于拉美文学的戏言：若论对文坛最显著的贡献，智利盛产诗人，阿根廷盛产短篇小说家，墨西哥盛产长篇小说家，而乌拉圭呢，乌拉圭盛产怪人。如果接受这个设定，那么马里奥·莱夫雷罗可谓乌拉圭怪人中的巅峰了（虽然作家本人并不喜欢这个说法，甚至抱怨记者总是希望他干出新的怪事——"恐怕我不写作了而是去杀个人他们会觉得有意思得多。"）这位本名豪尔赫·瓦尔洛塔的作家一生从事过的工作花样繁多，从书店店员到心灵学指南写手。乌拉圭国立大学收藏的莱夫雷罗档案也是五花八门：自制的私用塔罗牌、瑜伽练习手册、学生在写作工作坊上画的画……

自20世纪70年代，莱夫雷罗是乌拉圭文坛独树一帜的、"异端"教头般的存在，有一批死心塌地的追随者，其中不乏一线作家，在他死后一年出版的《发光的小说》更是让他那抹自嘲的微笑留存至今。有评论家精妙地将其写作描述为一个疯子科学家的实验，配方原料统统出奇，却因技艺高超总能把错误率降至最低，收获备受欢迎的成品。莱夫雷罗也素来认为"指望文学仅仅取材自文学性素材是一个错误，这就像是指望制作奶酪的师傅只吃奶酪"。在《发光的小说》中，我们不难辨认出作家自认过的重要影响源："魔术师曼德雷"（由李·福克在1934年首次创作的漫画人物，可以迅速让敌人进入催眠状态）、刘易斯·卡罗尔、20世纪40年代的探戈音乐、侦探小说、"甲壳虫"乐队、阿根廷讽刺刊物《文森塔姨妈》等等，而《仿生人会梦见电子羊吗》的作者菲利普·迪克和《赤裸的午餐》的作者威廉·巴勒斯是他最为认同的同类。

小说主人公展现出对电脑程序和系统超乎寻常的痴迷，"奖金日记"的部分几乎每隔几天就要详细记述一次他调试电脑、添加程序、修改"宏"等等操作。原本电脑是他写作的工具，可到了最后，往往途径本身成了引人执迷的对象，最开始预设的结果倒是被忘在脑后。基础或复杂的电脑和文档操作逐渐变成一朵朵颜色鲜艳的食人花，吞没主人公的时间。因此当他读到巴塞罗那作家罗萨·恰塞尔谈论自己如何争取克服生命中某些苦难时，感到心有戚戚：

> 靠麻醉剂：电影和书。我是多么理解那些求助于毒品的人！我用的这两个乍看无害，其实不然。我的意思是，人在靠电影和书来完成上述任务时，它们并不比其他毒品破坏性弱，因为破坏性是体现在抽离现实上，而用什么毒物来抹除感觉其实没多大区别：真正起效的是抹除。

芮塔·菲尔斯基在《文学之用》中详细探讨了人们阅读小

说或观看电影时"着魔的体验"。这种被文本或画面完全包裹的参与感让读者和观众在一个有限的时间段内体会到"审美入迷",自我与审美客体之间的界限消失,其追求愉悦感和失去自主性的感官与肉体特质,使得文学作品令人"着魔"的属性常被用来与醉酒或麻醉相提并论。菲尔斯基提出此种体验之所以重要,是因为"人们阅读文学作品的原因之一就是想脱离自己,想被拉进一种不一样的意识状态当中"。翻阅《发光的小说》这部500余页的巨作,篇幅浩大而内容事无巨细,一读之下,属于它的读者就禁不住放任自己沉浸其中。那是一种几乎无意识间发生的浸没感,一页一页,一成不变当中细微的改变,最后瓜熟蒂落,蓦然心惊。它为我们提供的这些"超脱"日常生活的契机,恰恰呈现出日常生活本身,如菲尔斯基所言,"将奇观混合进普通事物,让平凡、被忽略的现象焕发光彩,并使其具有审美的、情感的,甚至形而上的意义"。

如此说来,这种对成瘾的需求何尝不是现代性的一部分,在高效快捷的联络方式与变本加厉的精神隔绝之间,现代人的生活看似拥有无限可能,却有多少人恍然发现,换了城市,换了工作,甚至换了伴侣,最终都落入同样的蛛网,为同样的缠斗耗尽气力。莱夫雷罗在书中经由两度转译引用的卡瓦菲斯说得明白:

> 没有新的土地了,我的朋友,也没有新的海洋,
> 这个城市会永远跟随你。
> 你会永无止境地走在相同的街道,

相同的思想的郊野，从年轻到衰老，

在相同的屋子里，你最终满头白发……

没有另一处地方了，永远是相同的

陆地的港口，没有船会

载你走。啊！你还不明白吗？

你既已把你的一生摧毁

在这里，你就已经虚度了它，

在这世界上的任何一个角落。

　　在这样午夜梦回的厌倦当中，无论是娱乐节目、球赛，还是电影、写作，当然也有酒精、药物、性和其他，说到底都是一种麻痹日常痛苦、寄托无望之望的"瘾"。

　　从某种程度上说，《发光的小说》既是温和的又是粗暴的。说它温和，在于主人公其实对外界全无伤害力。他所有的争斗都是向内的，每日每日的记述自己无可救药的困局，想要找回精神状态里发光的瞬间。它不仅是一部小说，更是对一场注定失败的旅途的接受——生命里所有无力又无法停下的漩涡，没有犯下什么不可饶恕的错误，最后却不得不面对他者的残忍，无论是爱、亲人还是灵感、写作的能力，乃至电脑里一个稳定正常运行许久的程序，只要假以时日，多试几次，总会突然崩溃。任何有过长期抑郁和服药经历的人都难免在读到他自嘲"现在（出门）这件事是越来越费力了"时会心一笑，也都懂得他所描述的那种在"精力的推动"和"瘫软的疲惫"间摇摆不定的日常有多真实。（"我会把任何推动我站起来的事情做完，又坐回到椅子上。就这样循环往复。好像是一场药物和抑郁之间的对抗：这一秒这边赢着，下一秒那边又占据了上风。"）如是，属于这本书的读者会觉得这本书中主人公的努力自证亦是在温和地照亮自己的人生，如普鲁斯特在《追忆逝水年华》里所写："每位读者读书时，都是在读自我。作者的作品不过是一件光学工具。"

同时，这部书又是粗暴的，甚至对另一些读者而言并不够友好。恐怕也是出于这个原因，作者在书的扉页上写了一句很符合个人风格的免责声明：

> 任何觉得自己被本书中发表的意见所影响或伤害的个人或组织都该明白，这只不过是一个老糊涂在胡说八道罢了。

这些"胡说八道"直接而具体地谈论着衰老、父母的死、性，一遍遍描述一只鸽子的死（该书的其中一个西语版封面正是一只鸽子站在凌乱的床单上），穿插着关于音乐、网络、毒品、黄片、心理咨询、抑郁症的碎片，更反复尝试将心灵学的梦境玄秘体验付诸纸面。作者通过语言和观念挑战乃至触犯某些固有既定的道德感和审美标准，造成震惊的效果，本质上依旧抱有给人以刺激的目的。齐美尔认为对极端感官刺激的渴望是现代感受力的重要驱动，去震惊别人和被别人震惊的欲望同样强烈，特里林也由此曾将现代文学描述为"暴力和辱骂、精神错乱和毁灭的文学"。然而，这样的写作同样是有风险的，《发光的小说》一经问世，热爱它的读者（包括众多西语世界作家）惊为神作，厌恶它的读者则无法理解为何这本书能高居"近25年百本最佳西语文学作品"前十之列。面对此类累叙跳帧人生与脱轨败局的作品，总有读者或百思不得其解，或义正辞严地拒绝，这种不解本身恐怕是一种幸运吧。也难保有一天，曾经天真的读者也会发出和《发光的小说》主人公同样的感叹："我越来越觉得自己像贝克特笔下的人物了。"——不仅是无尽地等待着永远不会到来的戈多，更是满怀着《终局》里那般对衰老与退化的原始恐惧。

说到底，着魔也好，震惊也罢，面具之下的《发光的小说》其实是莱夫雷罗对作家和写作的另类思考，用超过400页的日记体序言来谈论完成一个开始于20年前的写作项目的不可能性。在日记的开篇，他已写明"这个任务"如今依旧不可完成：

> 这整本书就是个巨大的失败的明证。这个体系，即为每个我希望叙述的发光的事件创造情境，将我引上了一条可以说是更加晦暗且阴沉的道路。……对我来说，这无疑是段特殊的经历，如今读来，我仍然会被它触动、治愈。可那些发光的事件在被叙述出来的同时也失去了光芒。它们令人失望，听起来平淡无奇。

与此同时，一部所谓"失败"的小说之所以能发光，是因为作家坚信"我的文学比我自己还重要，而这个，和我文学的客观价值是毫无关系的，因为，无论是好的、普通的还是坏的，它都会超越我而存在"。

莱夫雷罗曾经从事过数年设计纵横字谜的工作，在他眼中，写作既是谜题本身，也是解谜的途径。他用写作来抵御对死亡的恐惧，笃信文学作品能在被阅读的过程中不断汇聚新的意义，来自过去的文本可以跨时间移动，经由文本与读者之间偶然的相遇和互动，获得它的创作者都无法预知的光彩。如同痴迷《逆流》的道林·格雷，《发光的小说》的主人公在写作"奖金日记"的过程中感知到"这整本书装载的好像是他自己的人生故事，在他人生开始之前就已经被写完了"。而我们摊开书页的时刻，也是将自己暴露给文本的时刻。在这个袒露的瞬间，莱夫雷罗说："归根结底，我想，在这些书页中唯一能找到的光亮也许正是读者您借给它们的。"

# 终点确凿的公路旅行

　　十多年前，我在马德里机场亮黄色的4号航站楼彻夜等待清晨的航班，看完了大卫·特鲁埃瓦的一本小书，当时回国在即，未来一片混沌，他的文字莫名让我得到抚慰。后来，时隔多年，又回到马德里旅居的我在书店里遇见他的新书《原野的土地》，字里行间不复当年那本书的浓稠希望感，而是满载着中年人诚实的回忆与生活真实的面目。不过，又一次，我在他的文字当中得到了抚慰。步向人生的中半，回望过去与眺望前程，都是空白与迷雾，世事之变，我也常常疑惑，是否更深的思考只会让人更难幸福，特鲁埃瓦却说："一直以来存在一个困惑，就是智慧与通透是否引发不幸福。我认为不是这样。愚笨并非幸福的保证。思考首先带来的是良善，你会注意到做一个良善的人、对自己诚实多么困难。"

　　"我"

　　　清早，一辆出殡车停在家门口，司机招呼"我"上车……

这不是一本恐怖故事。《原野的土地》用400多页篇幅讲述了一场回忆与重塑自我的旅途，司机是个多话的厄瓜多尔人，而车辆是一辆出殡车。主人公达尼·莫斯卡是一个过气的摇滚音乐人，住在前妻房子院子里的一个单间里。在送父亲的遗体回一个偏僻小村庄的旅途中，达尼回望自己的过去：个中甘苦，高潮低谷，喜悦悲伤，得到失去。而作者特鲁埃瓦的故乡也正是这个小村庄——坎波斯村："我的父母一辈活得几乎好像中世纪。在我的家乡，16世纪到现在没发生什么特别的变化。然而，他们去世的时候世界已经完全变了：交流方式，家庭生活，习俗，性和意识形态的自由。" 特鲁埃瓦这代人生长在西班牙社会转型的剧变时期，他们的少年时代是父母们难以理解的，"但是或早或晚，两代人总要和解。这本书就是关于这个的"。

　　无论是小说创作还是他更富盛名的电影事业（几年前他自编自导的电影《闭上眼睛活着很容易》斩获当年西班牙电影"戈雅奖"的最佳导演和最佳原创剧本），怎样面对生活、怎样面对失去是特鲁埃瓦的作品中贯穿始终的主题。这本新书讲的是失去记忆，失去生命，也是怎样回溯记忆，怎样重塑生活，去迎接自己终将走到的死亡。它的细节感令我心动。特鲁埃瓦将整本书写得好像一部公路电影，细枝末节缓缓展开，一幕一幕画面，混着车窗外的风景。作家本人甚至在某家音乐网站上准备了一个播放列表，推荐读者们听着这些歌走进主人公的世界。

　　故事的设定含着一点点幽默引人入胜：

最近我经常想到死亡，不过这和醒来发现门口停着一辆出殡车还是有距离的，何况这辆车还自然得像一个朋友路过接上你，一个人从未指望一辆出殡车可以这么自然而然地招呼人上车。

当然，面对这辆装载着棺材的特殊车辆，路人的态度就没有那么自然了。一路上在咖啡店停下小饮的时候，司机都会和店主人有心照不宣的默契把车停到后门，以免别的路过客人看见放置棺材的车觉得不吉利不肯进店来。死亡，无论何时何地，终究还是百有禁忌，哪怕我们都知道，那是所有生命无可避免的结局。

## 父亲

父亲不愿打出租车去医院迎接死亡，他坐了公交车，还换乘了一次。这就是我的父亲。

这场旅途因父亲的去世而起，然而此时距离他去世已过去一年的时间。在父亲刚刚去世的时候，"我"让医院和保险公司的专业人士处理了各种手续，很快，父亲被安葬在马德里，牧师念出他的名字，花环上写着两句最无可辩驳的真理："安息吧""你的儿子不会忘记你"。葬礼匆匆结束，真正的哭泣却是迟来的，而且在最不设防的时刻。父亲去世后三个月，"我"在马德里巴拉哈斯机场带着孩子去马洛卡岛度假，一位售卖机票的工作人员忽然认出"我"，并说她记得"我"的父亲："噢小时候我妈妈是他的顾客，从他那里买过手表珠宝还有厨房用具。你父亲真是很可爱……他还好吗？"而"我"不得不告诉她父亲已经故去的消息，却在那一瞬间崩溃地哭了起来，仿佛自己也是第一次知道这个消息。那天是父亲的生日。

也许，正如书中所言，整理生活是艰难的，但是生活有时候会自己用一种精妙的方式为你舒展开来，生活的逻辑常常如此惊奇而完美，几乎令人激动。有的时候，它的方式可以是作响的门铃。有一天，门铃响起，一声、两声、三声，持续不断。"我"的生命中只有一个人喜欢这样按门铃，那就是"我"的父亲。于是"我"从床上爬起来，喊着孩子说是爷爷来了。"我"快走到门口打算给父亲开门的时候，看见女儿期待的眼神，才意识到——不可能是他了。再也不会是那个恨不得让手指长在门铃上的人了。他已经死了。那一刻，"缺席的重击比在医院里他死亡的那一刻更加巨大"。打开门，"我"发现门外站着自己的小儿子，他不经意间遗传了这样的按铃方式吗？"我"问他为什么要这样按铃，正常的按铃方式难道不是短暂地按一下然后等待，小儿子挤挤眼睛理直气壮地回答："可是，爸爸，只要按得够用力，就一定会有人听到你呀。"

那一天，"我"决定完成父亲最后的遗愿。父亲说过："我希望我能葬在我出生的小村庄里，不要只埋骨灰，我又不是一根香烟。" 就这样，在父亲过世一年之后，"我"决定把棺材运送到他出生的村庄，那个和他的姓氏同名的坎波斯村。

## 母亲

父亲去世前嘱咐说："记得去跟你妈妈解释一下我为什么不去看她了，你知道她听得懂的。"

母亲罹患阿尔茨海默病有几十年了。病症的侵袭刚开始是缓慢的，像墨量不足的点阵式打印机，在记忆的点与点之间留下越来越多的空白。最开始，母亲忘了亲吻儿子晚安。有一次，她忘了关煤气。有一次，"我"放学回家发现忘记钥匙的她等在门口。有一次，她下楼梯忘了穿鞋。后来，她走进客厅问我们难道不吃晚饭吗，"我"看见父亲的眼泪，一秒钟之前她刚刚收拾完我们吃完晚饭后的碗碟。后来，她对着电视上某个经久不衰的老节目问我们："这节目不错，是新的吗？"

一年后，病症像一只蛀虫加速啃空了她的记忆。母亲忘了父亲，忘了"我"，直到有一天，她站在镜子前，忘了她自己。她去了一个未知的地方，在儿子的想象里，那个地方一点都不黑暗，而是光明的，微笑一般耀眼的光。而对于房子里被遗忘的另两个人，他们一次又一次撞进面前那道玻璃墙，每当他们以为一切可以恢复到如从前一样的时候——"哐！"

而"我"始终记得躺在房间里意识到母亲忘了给自己晚安吻的那个夜晚。黑暗变得难以忍受，没有人会来了。

# 普通人

我们是普通人。我与之斗争过，带着那个秘而不宣的渴望，想要做一个特殊的人。然而成为普通人，才是一个永远无法摆脱的谜题。

公路之旅一路向前，在时间的甬道中，主人公却一路逆行，童年的记忆和成年后的经历全方位炸裂，混为一谈："当你沉睡，你感觉自己浸没进一口深井，那里的时间，是所有时间的加和。于是你同时是孩子也是成人，是毫无过渡的全部的你自己，我是我，我是达尼·莫斯卡。"他是在机场柜台痛哭流涕的男人，他是在乐器店橱窗对一把吉他流连忘返的孩子，他是第一次发现母亲忘记家门钥匙时手足无措的少年，他是与心爱的女人相拥一整晚知道黎明以后再无法继续的小兽，他是对出殡车司机说"我干写歌这一行"的中年人。回望记忆的原野上，45年的过去如同家具上的灰尘覆盖如今的自己。风雨无阻的友情，摧枯拉朽的爱情，还有音乐最释放人心的力量——住在阁楼上的老琴师的吉他课让他第一次意识到音乐可以令人自由。诚实的讲述，带点幽默，带点苦涩，那是每个普通人存在于世都会遇见的失去、迷惘与矛盾。

生命的迷人之处：你需要理想，同时又知道它们无法实现。或者说，你知道理想无法实现，依然需要理想。一种健康的失信状态。每个普通人或许都曾经历大雨滂沱，对自己有过是枝裕和《比海更深》里的疑问："我为什么把人生过成了这个样子？"与此同时，人又必须相信这些理想都是值得的，因为它们是唯一的倚靠。特鲁埃瓦在专访中表示，这恰恰是《原野的土地》讨论的重要话题。小说的上下部分像磁带一般分别命名"A面""B面"，正面记述一个人物的构建，他过去所有的基柱无疑都是理想化的：对生活的期待与计划，无论是感情上还是事业上。而生活的职责仿佛正是要让它们变得艰难，是打碎它们，质疑它们。反面则是这个人物的重建，如何在梦想的废墟上继续生活。当一个人已不再理想主义的时候，他却依旧需要理想。这是生活的巨大谜题："当你已经知道自己要去往何方的时候，为什么还要继续走呢？"

最后的最后，死亡，是我们每个人都知道的终点，父亲的身体叶落归根，母亲的记忆消散远方，而"我"的人生在经历了这场追忆与重塑的公路旅行之后，还在朝着那个既定的终点驶去，或许，早早通晓结局，反而是我们得以享受整个故事的唯一方式。

# 幻影与真实

1985年，尼尔·波兹曼出版《娱乐至死》，探讨电视如何改变公众话语、成为推广一切观点的新媒介。这个深秋，当我看见马德里青年作家玛利亚·卡布莱拉的小说《电视》封面上被闪电击倒的小人，不禁回想起波兹曼那句"我们将毁于我们所热爱的东西"的断言。这部小说刚刚入围第30届法国"复数的阅读"文学奖西班牙语小说奖的决选名单，作者卡布莱拉此前已经出版了两部诗集，另有两部戏剧上演。这本小说是她在这一体裁上的初尝。乍读之下，小说的结构编排像极了章回式电影，以人名诸如"埃娜尔""达尼埃尔"或复数人称代词"我们"为章节标题交替出现，所有的讲述均为第一人称，由章节变化主导不同视角之间的转换。他们讲着同样的故事、同样的人、同样的时代，却各有不同的语调、理解和体会。拼贴式的真实的历史背景，加上作家本人恰在电视台工作而且因为这本书的出版险些被公司辞退，让这本书更多了几分意味。在采访中，卡布莱拉说：

> 这部小说诞生于讲述一个故事的需求。2013年，我所工作的马德里电视台发生了一场波及将近一千人的裁员。

这是西班牙最迫近的历史的一部分，这本书是为了纪念对抗那场野蛮裁员并失败了的人们。四年过去了，我希望这一切不被忘记。从这个角度说，这本书中现实超越了虚构。

在这本薄薄的小书中，人物独白交错出现，以其章节的长短和同一人物的出现密度调节文本节奏，将几位主人公的个人生活与这座城市、整个国家在刚刚过去的经济危机中的历史经历交织在一起，不正是现代人的困局：一个人再也无法彻底与世隔绝，个人命运终究会被大时代的背景震动。

书的扉页上，卡布莱拉引用了西班牙诗人路易斯·罗萨莱斯的诗句——

> 而我们的眼睛
>
> 不似荧幕
>
> 那里人们互相望着
>
> 就感受到变化；
>
> 我是说，
>
> 仅仅是互相望着
>
> 就让我们变成看电视的人，
>
> 开始活在
>
> 目光的电视里

这首诗中，罗萨莱斯用电视象征虚假的爱，而卡布莱拉如此引用是因为她觉得自己的小说描述的是"员工与电视台之间虚假的爱"，群体的劳工冲突波及到每个人的个体生活，对很多员工而言，电视台曾经是他们全部的生活，他们在电视台里度过了最好的年华，突然之间的裁员如同感情关系的分崩离析，让人看清其中的虚假与真相。而在我看来，与之平行出现、共享这一虚假含义的，或许还有主人公埃娜尔"自我虚构"的感情关系。书中埃娜尔与达尼埃尔是同时供职于电视台的一对情侣，然而两人各自的叙述中可以看出他们的感情关系从一开始就不在一个平面上，无论是这段关系还是埃娜尔用更多篇幅回忆的她与阿尔弗雷德的关系，对她而言都是每一段关系集合的缩影，仿佛感情关系的"原型"形态，在城市、不同城市、每个城市的夜晚重复显现。

## 如何回忆爱情

记述从回忆一段爱情开始。埃娜尔的视角。她与阿尔弗雷德10年的秘密。从一开始两人就认为这不会长久，不如始终保持仿佛从未发生。他们小心翼翼，绕开旁人的眼光，也就避开任何恶意的揣测与窥探。最后留下的是从互相赠送的书里培养出的越来越相近的阅读品味，也是将街头一幢建筑底下无奇的木门与曾经共度的第一个夜晚相联系的能力。当分开以后他们在马德里街头偶然重逢，埃娜尔身边的男友达尼埃尔只知道面前这位是埃娜尔10年前的大学老师——

我也向我的伴侣隐瞒了家里那只虫子的存在，它在地上，在墙上，我想象着它长大、繁殖、在我们身边住上许多年。达尼埃尔没见过它，也许永远不会见到它。

两位故人相顾无言，仿佛问一句"你好吗？"都费尽力气，最后埃娜尔开口说："你拿的是什么书？"这样的重逢总让人想起吉尔·德·别德马在与旧日情人一场未得善终的相遇后写下的诗句：

> 和你的城市一样质地，
> 你的城市无数玻璃窗
> 一样的不一样的，被时间改变：
> 我不认识的街道
> 还有鸟群居住的广场，
> 有个晚上我们在广场上接吻
> ……
> 比生命更强大的爱情：
> 失而复得。
> 得而，复失……

曾经，很多个值夜班的晚上，埃娜尔在半空的电视台工作大厅里，对着电脑屏幕给阿尔弗雷德写信。通信——她想——是无法重复的体验，如同看一场展览或去影院看一部电影，而不像是去饭店里吃一顿饭，如果想，可以第二天就去点同样的菜重复一遍。写信是不一样的。当时当刻写下的字与心情，换另一个时空多半无法复制。米兰·昆德拉说生命之轻来自永远只能将草稿当作成品，无法从头来过，只能线性向前。埃娜尔不知道，这样的爱情，是否也是轻的。当要求降至最少，时间与空间都变得无限。阿尔弗雷德一年中多半时间都在国外，他是公众人物，埃娜尔在社交网络上跟随他的日常，如同任何一个粉丝。马德里时间的凌晨3点，纽约正是晚饭时间，她想象着他在皇后区的公寓，不宽敞却舒适的空间。大多数时候，横亘于两人之间的都是一座夜晚的城市。

很久以后，他们建立了一种在柏林或马德里按时相遇的关系，一年通一次电话，讲讲此刻在哪，或者未来几个月会在哪。彼此相隔数年去了同样的地方，墨西哥、中国或者布宜诺斯艾利斯。对埃娜尔而言，这样的想象——把他想成一样未完结的事物，想成一片废墟一块残骸——让一切都变得容易许多。她重拾平静，仿佛经历风暴，只是对他们而言，埃娜尔知道，并没有什么风暴，不过是无尽的空洞。很久以前阿尔弗雷德就告诉她，还有别的、很多个女人。是的，埃娜尔想到，自己和达尼埃尔做爱的时候，眼前也有很多个男人。每一段感情都像是模拟器里此前、此后无数场关系的原型。

正如书中埃娜尔的回忆始于她乘坐出租车在马德里做夜归人，这些年里，我也在马德里的夜色中听过许多关于爱情的回忆，城市与现代生活的意象在其中若隐若现。还有更多已经消失的地标，不见的咖啡馆、酒吧、电影院，把承载回忆的场所抽空之后，仿佛在单人沙发里陷落，像普拉斯说的，整座城市如同贴在窗外的一张扁平的海报。一座城市，在一个人抵达的时候开启，离开的时候关闭、继而消失，成为又一座看不见的城市。

## 如何继续生活

与埃娜尔个人的情感回忆交织的是另一条更为宏大、如网一般笼罩的时代线。2012年秋天，西班牙的经济无可逆转地一路崩溃，埃娜尔所供职的马德里电视台开始大型裁员，毫无预警地一次性辞退925名在职员工，这一决定遭到整个电视台、乃至西班牙电视界的抵抗，罢工与谈判交替，直到2013年1月，马德里街头骤然多了900多个失业的电视台工作人员。而埃娜尔并不是其中之一。书的开头，那场大裁员过去四年之后，她仍然在电视台里做着夜班节目的后期数码化和服务器内整合（"一条破碎链条上的最后一环"）。她很怕在街上遇见那些被裁退的同事，痛恨不得不告诉他们自己还在电视台里工作：

> 时至今日，每当有人问我，你在哪工作？我都为要回答我在这间电视台工作感到羞愧。虽然人们已经不再回忆起那段时期，我依旧无法忘记当时发生的事：传闻从很久以前就逐渐靠近我们，像一场病症在显现之前埋伏扩散。当什么还没发生的时候，我们为什么没有抗争？——最早一次有记录的会议是八年前。最终发生的事成为这家电视台历史的一部分。这个地方变成了战场，每个来交接班的员工都知道自己不是来工作的，而是来为保卫自己的职位而战的。我看着他们走路交谈，思绪却在别的地方。事后想想，他们就像鬼魂一样。

这些"鬼魂"在书中都以"我们"为共同的标题出现，来自不同个体的讲述，他们曾经在电视台工作，因为那场惊动全国的裁员，每个人的人生不可避免地在时代的洪流中成为一个整体的缩影，变成了"我们"。比如阿丽西亚，曾经的电视新闻制作人——牛仔裤腰上别着对讲机，外套有很多个口袋，每个口袋都装满东西——现在是房地产营销员，每天穿梭于公园、街道和楼群之间为客人介绍房子。"我知道这些房子的许多历史和故事，伴随而来的剧情，我会像播报新闻一样讲给潜在的买家听，因为我们留在我们曾经住过的房子里的故事总是动人的。"而在与客人告别的时候，她会告诉他们以前自己在电视台工作。她在电视台工作了23年，被"赶出门"去的时候46岁。

比如阿列霍，是摄影棚的舞台监督，在电视台工作了15年。他喜欢在描述曾经的工作内容时使用大量的专业术语，仿佛能在罗列中把每一个步骤都重新经历一遍。他记得刚刚从电视台离职的时候，一起辞退的前同事们总是成群结队聚在市中心，每周都有一天要一起喝酒，聊着以"你还记得用录像带的时代吗？"开头的话题——"那时候我们都还年轻，录像带的时代是我们最好的年岁。"他们聊到深夜，尤其喜欢把"时间轴""控制台"之类专业术语挂在嘴边："我们想念我们的职业，那是我们充满激情做了那么多年的工作。"阿列霍记得，在2012年秋天，当可能的离开传到耳边，大家曾经讨论过走的时候要"干场大的"：把资料库的标签全涂了，把混音室的记忆卡抹了，把原始素材都带走，最后把电视台大楼炸了。等到那个最后通牒的一月，每一次从聚会中回来，阿列霍的脑海里都重新涌起关于"我们的黄金时代"的记忆："那时候我们都以为自己得到了最梦寐以求的工作。"

　　然而当经济危机袭来，"我们"又碎成一个个"我"，社会最小的组成部分在一场悬殊的战役里负隅顽抗着现代社会的机器与残酷。那是整个西班牙社会运动高涨的年代，很多时候已经不是为了胜利、为了保住工作，而是为了捍卫尊严，守住一家不受政治控制的公共电视台的立场。2012 年 11 月 18 日，马德里电视台进入了为期一个半月的黑屏期，只有屏幕下方滚动着一行小字："罢工使我们无法如常提供新闻和节目。"罢工以失败结束的那一天，2013 年 1 月 11 日，"我们"最后一次走进马德里电视台的大楼，公司已经开始派送辞退信，邮局甚至为了能及时送达雇佣了临时工。入夜的时候，大约有五十多人在电视台的咖啡厅里度过最后一夜："恐惧消失了。仿佛灾难正在别的地方发生，在我们的家里，在我们的信箱里。留在门外的人为我们送来吃的喝的，楼里一如既往地永远亮着灯。墙上贴满了各种绘画和照片，由面孔和名字组成的镶嵌画"，那些他们生命中那些重要的时刻——胡安的儿子穿着柔道服，安德烈娅的孩子们在爬山，写满愿望的三王节卡片……清晨，离开电视台的时候，最后一个定格的画面，背对大楼，不再回头地向前走去，所有人都要重新开始生活。

# 消失的女儿

2004年，荷兰豪达，一个以奶酪和烟斗闻名于世的小镇。一位荷兰的西班牙语研究者在这里的古公墓中发现了一座斑驳的墓碑，上面刻着"玛尔瓦·玛丽娜·特里尼达·德·卡门·雷耶斯(1934—1943)"，这个西班牙语名字里"雷耶斯"的拼写还错把"y"写成了荷兰语的"ij"。那个时候，世界还不知道，这个"雷耶斯"的姓氏继承自一个叫"里卡多·埃列塞·奈福塔里·雷耶斯"的人，而这位雷耶斯先生有另一个写进世界文学史的名字：巴勃罗·聂鲁达。

十年后，荷兰当代最好的女诗人之一哈加·皮特斯在参阅大量史料并对相关人物访谈的基础上创作了自己的第一部小说《玛尔瓦》，以第一人称让这个伟大诗人从不提起的女儿从死后的世界里讲述自己以及许多和她一样被伟大名字遗弃的孩子的故事。2018年初，这部连获重要奖项的荷兰语小说被翻译成西班牙语出版，封面上温暖的绯红色调和植物标本一样的锦葵工笔全然无法驱散书中文字带来的寒意，比这个季节浸透马德里的冬雨更加挥之不去。

1934年8月18日，在一场有如交通事故般惨烈的艰难生产过程之后，玛尔瓦出生于马德里，聂鲁达正在这里担任智利驻西班牙领事。如同给一首诗找到题目，诗人给自己新生的女儿取名玛尔瓦·玛丽娜，意思是"海边的锦葵花"。彼时，无论是他昏迷在病床上的荷兰妻子玛丽亚·安东内塔·哈根纳尔，还是几周后前来恭贺新生儿的宾客们，甚至可能连诗人自己都不会想到，短短两年后，他会像扔弃一页残缺的诗稿一样将这朵海边的小花丢进记忆的垃圾桶。出生后玛尔瓦立刻被医生包围，婴儿脑积水的症状明显，抢救开始。聂鲁达在病房外度过了焦急而不眠不休的几夜，写下《我家中的病》和《母性》两首诗。一周之后，诗人在给父亲的信中说，"我的女儿"很漂亮，蓝眼睛，并且幸运地遗传了自己的嘴和孩子母亲的鼻子，他没有提到脑积水的事，只是写道："虽然战斗还没结束，我相信我们已经赢了大半，现在就等她长点体重，很快变得胖胖的。"又过了几周，医生宣布玛尔瓦已经脱离了生命危险可以出院，但是万般叮嘱，她需要持续的、非常多的照顾。对聂鲁达而言，他这时才感受到命运的绳索无声地收紧。哈加·皮特斯笔下，玛尔瓦的精魂这样评述道：

　　　　这恰恰是问题所在。医生最后这句话道出了苦涩的现实：我余生无论长短，都需要持续的照顾。每一天，每一分，每一秒，在我父亲也只能活一次的一生中，我都将消耗着他。连他也不能复制自己的生命长度。他耗费在我身上的每一刻，都是他在文学与永恒上的损失。

玛尔瓦出院之后，聂鲁达在马德里的诗人朋友纷纷前来拜访，当时她超乎正常大小的头部还没有后来那么明显，戴上帽子躺在摇篮里并不易被察觉。聂鲁达兴致高昂地对朋友们不停说着"看我的女儿多么漂亮，多么可爱"，到访的客人哪怕发现异样也没有人敢多说什么，仿佛所有人都被一块丑闻之石塞住嘴巴，而这块石头就是摇篮里无辜的婴孩。与聂鲁达一样在多年以后加冕诺贝尔文学奖的阿莱克桑德雷在当时的日记里写道：

> 我上了楼，巴勃罗将我迎进去，"她叫玛尔瓦·玛丽娜，过来看看。多么神奇啊，我的女儿，世上最漂亮的孩子！"他快乐地望着摇篮。我走过去，他拍拍我的背，说，快看快看。我靠近：一个巨大的头颅，令人无法平静的头颅，仿佛所有缝隙都被吞噬只剩下这个：爆裂的头颅，无情地、不停地增长，直到失去终点。这个小生命（她是吗？），望着她，我无法不感到疼痛。

那一天，阿莱克桑德雷暗暗发誓，只要当事人还在世，就绝不发表这篇日记。

正如医生所预料的那样，玛尔瓦的生命虽然没有危险，她的头却继续涨大，身体比例继续失调，各方面的行动能力也都受到限制。在给朋友的信中，聂鲁达写道："我的女儿，是一个完美诠释了荒唐的存在，像一个分号……"——分号：大头，小身子。这位曾在多少澎湃诗篇中将意象玩弄于笔尖的伟大诗人，面对自己的女儿，只能给出这样的描述。反倒是那两年常来探望的一位诗人为小小的玛尔瓦用上了形似却温情太多的比喻，在《献给初生的玛尔瓦·玛丽娜·聂鲁达的诗》中，加西亚·洛尔迦将她比作"旧浪之上爱的海豚"。内战阴影逼近的那两年，西班牙连续经历反抗与镇压的社会动荡，聂鲁达冲在以笔为剑的第一线，同时也结识了后来成为他第二任妻子的德莉亚。当他如常地参加与文人、政客、革命者的聚谈会议之时，另一位年轻诗人常来推着玛尔瓦的小婴儿车带她去公园散步，好让聂鲁达的妻子有稍许喘歇的空间。那时，米格尔·埃尔南德斯刚刚失去了自己几个月大的孩子，悲痛中他渴望玛尔瓦能逃脱夭折的命运，于是四处奔走求医，并将玛尔瓦带去自己父母位于海边的家中度假期，期盼炽烈的西班牙阳光能帮助她复原一些力量。

1936 年夏天，在西班牙内战初燃的硝烟中，为了妻女的人身安全，聂鲁达将玛尔瓦和她的母亲送上了前往巴塞罗那的火车。与此同时，他写信给当时的情人德莉亚：

> 我知道等待我们的将是共同生活的幸福未来。我只想让你赶紧过来，我觉得很孤独，今天早上我第一次自己剪了指甲，虽然有点困难，但是没有了玛露卡（注：聂鲁达对第一任妻子的称呼），我觉得重获新生。

同年 11 月 10 日，聂鲁达写信给妻女，告诉她们西班牙已不安全，她们应该立刻前往荷兰避难，而他不会与她们同往。信中关于将来的安排他只字未提。这一年，玛尔瓦两岁。她最后一次见到自己的父亲。

当聂鲁达为在内战中失去孩子的母亲写下《给死去士兵母亲的哀歌》时，他自己女儿的母亲在几次写信请求丈夫寄钱未果之后，为了能够有时间打工赚得抚养玛尔瓦的钱，只得将孩子寄养在豪达小镇上一个虔诚的教徒家庭，一个月才能坐火车去看她一次。"二战"阴云笼罩物资紧缺的年代，这家好心人尽全力照顾着玛尔瓦，她在那里活到8岁，下葬的时候只有寥寥几个人在场。玛尔瓦的母亲哈根纳尔将消息发电报告诉了聂鲁达，并在去信中请求他帮助自己逃离荷兰。聂鲁达没有回复。

当聂鲁达写下《致斯大林格勒的新的爱歌》控诉法西斯时，哈根纳尔正在被纳粹占领的荷兰残喘求生。在官方档案里，哈根纳尔因为与聂鲁达的婚姻关系而自动被登记为智利人。和许多居住在荷兰的外国人一样，她被暂时扣押在威斯特伯克中转营，等待被德军送往奥地利的利伯瑙用于交换己方战俘。这原本是她逃离战火与压迫最后的机会，因为一旦抵达利伯瑙重获自由之后，她就可以办理移民拉美的手续。然而，在未经与她本人沟通的情况下，聂鲁达直接写信给处理移民手续的外事部门，表达不希望哈根纳尔离开欧洲的意愿。此时，哈根纳尔才知道聂鲁达已经单方面解除了二人的婚姻关系好与德莉亚成婚。在那以后，在世上孑然一身、已无亲故的哈根纳尔（她的最后一位家庭成员、她的母亲在"二战"中死于日军在印尼的集中营）忍受着病痛的折磨，依靠微薄的打工收入为生，1965年在荷兰海牙去世，埋葬在如今早已被改建清空的无名墓碑下。3个月后，她的死讯由当地的教会牧师写信告知聂鲁达。这封荷兰语的信同样没有得到回复，玛尔瓦的母亲死时仍保留了婚后的姓氏。

巴勃罗·聂鲁达，这位一生不懈不屈的斗士，他为弱者发声、与不公对抗、歌颂爱之珍贵伟大的每一行诗都是真实的，而他面对女儿"荒唐"的生命展现出的自私与逃避、面对第一任妻子的冷酷也是真实的。在皮特斯的小说《玛尔瓦》中，死后的聂鲁达与遥远时代的苏格拉底有过一次短暂的会面，作者借哲学家的智慧之口问出心中的疑问：

> 尊敬的聂鲁达先生，如果你真的认为众生平等，要给弱小者、不能发声者以声音，你怎么会遗弃你自己的女儿，从不提起？要知道，她也是一个脆弱而需要你的生命啊！

小说中虚构的聂鲁达给出的解释是，玛尔瓦的生命已经是一场必输的战役，因为知道是无法治愈的疾病，因而他要将时间与精力给予更多尚能被挽救的人。在真实的聂鲁达书信中，我们也确实读到他告诉朋友："这个孩子会死的。她遭受了极大的痛苦。"诗人真正的答案我们已无从知晓，因为无论是他生前的任何访谈和文章，还是在400多页的回忆录《我承认，我曾历经沧桑》中，聂鲁达都对自己唯一的女儿只字不提，仿佛她从未存在于世。

德国作家歌德在他晚年创作的小说《亲和力》中探讨过"自主选择的亲缘关系"这一命题，不同于尘世之间被溶于血的亲缘捆绑的人际关系，在哈加·皮特斯勾勒的身后世界中，人得以凭借自主选择与相似的人生活在一起。遵照这个设定，小说中的玛尔瓦在死后与其他和她一样因为病患或残疾被知名"天才父亲"遗弃的孩子共同生活。其中的一个小男孩叫丹尼尔·米勒，他是剧作家阿瑟·米勒的儿子，他出生仅一周就被父亲送进了康涅狄格州一间条件极为恶劣的收容院（20世纪80年代，这间机构因为虐待病患而被关闭），从此被从父亲的日常与公众生活中抹去。在阿瑟·米勒题为《时光枢纽：我的一生》的自传中，一次都没有提到过这个儿子。长达40年的岁月里，世人从不知晓这位以《推销员之死》等探讨罪责与道德的作品闻名于世的剧作家有一个罹患唐氏综合症的儿子，米勒也几乎从来没有陪同丹尼尔的母亲去收容院看望过孩子。无论是出于羞耻、自私还是恐惧，他始终没能接受"拥有一个有缺陷的头生子"这个刻在自己生命内核之上的事实。

仿佛奥登复写的《暴风雨》故事里的普洛斯彼罗，艺术家望进镜子，期待着出现被爱丽儿的灵感加持以后光芒四射的自己，看见的却是卡列班可怖的容颜。不知道，当初的聂鲁达，是否也曾从同样的一面镜子前仓皇而逃。

# 隆冬里的夏天

2017年6月1日这一天，艳阳酷暑，被誉为当代西语文学最畅销作家的伊莎贝尔·阿连德在马德里书展上发布了她的新书《冬天之外》。这一次，75岁的阿连德用她标志性的绚烂热情写作了一本冬天之书：一对上了年纪的知识男女如何破开岁月的冰壳拥抱对方的心；一个危地马拉逃难女孩如何化开冻住自己声带的苦难重新生活。贯穿整部小说的主线故事不过是在纽约寒冬里的几天，一点悬疑带着一点爱情，经由主人公的回忆引出的故事则覆盖了几十年的时间跨度与更多的人物。

## 假如在冬夜，三个旅人

理查德是纽约大学拉美政治研究系的教授，主攻巴西政治，独居，家里有四只猫，为了方便起见，分别用葡萄牙语里的"一""二""三""四"命名。猫是社区请来捉老鼠的，只有猫咪"二"号有额外与主人亲昵玩耍的需求，其余三只通常情况下都留意不到理查德是否在场。理查德是素食主义者，不喝酒，早睡早起，每天有固定菜单，每周有固定时间采购，为了让自己不要随意打印不一定需要的东西，特地把打印机和电脑分置于两个房间。总而言之，他追求最安稳、最一成不变的生活。

露西亚是理查德的同行，智利人，研究智利军政府独裁期间被迫害及消失的人。数年前，她的癌症诊断和治疗断结了她20年无爱的婚姻。身体基本复原之后，她决意接受理查德的邀请前往纽约做为期半年的访问学者，期待地理位置的迁移可以为自己的生命打开新的转机。她拥有感染力极强的笑容，热烈而充满幻想，对冒险旅程总是兴致勃勃。

理查德和露西亚自早年一起开研讨会时就成为旧相识，如今既是同事也是邻居，但是两人的性格如同地级的两端，若是换了更年轻一点的时候，理查德有时想，也许情况会不同，但此时的他已经没有力量去靠近一个如此不同的人，几乎算得上是没有勇气去经受生活可能因此发生的改变。于是直到小说的开端这个150年来最寒冷的冬季，露西亚在理查德楼下住到第四个月，两人的交集也仅限于颇有距离感的寒暄与专业上的交流。然而，生活的一成不变恐怕不是人为可求的，改变的降临有时看似出于偶然，却隐含着无可避免的必然性，看似不相关的初始也可能通向意料之外的结局。

最先出现的意外是大雪封路的第二天清晨，猫咪"三"号误食放在厨房柜子里的解冻剂，中毒严重生命垂危。理查德开车送猫咪去医院回程的路上心烦意乱与前车发生了轻微的追尾。他将名片留给前车车主去联系保险公司，却不曾想在当天晚上，见到下午事故中开车的年轻女孩惊恐地站在他家门口。就这样，纽约风雪暴的周五夜晚，艾韦林像一只没头没脑的小动物，颤抖着闯进了理查德和露西亚的生活。

　　艾韦林是个身量很小的危地马拉女孩，眼睛清清亮亮，只是似乎有语言障碍说话结结巴巴。理查德的半吊子西班牙语实在无法与她交流，于是打电话求助露西亚。三人蜷缩在客厅的壁炉前面半个晚上，露西亚才终于问出原委：艾韦林下午开的那辆车属于她做保姆的那家的男主人，她是为了去药店给主人家中患脑瘫的病儿买尿布偷开了这辆车，而就在撞车之前，她刚刚发现车子的后备箱里有一具女人的尸体。她不敢回家面对暴戾的男主人，又被尸体吓得不轻，在冰天雪地里兜转了半个晚上之后，最终照着名片上的地址叩响了理查德家的门。

　　如果不是露西亚在场，一向只求安稳最怕冒险的理查德恐怕立刻就会报警，然而艾韦林是没有证件的非法移民，露西亚因此劝住了急于摆脱麻烦的理查德，转而提出将车子和尸体秘密转移到荒郊野岭的山地当中，好让警察随后发现尸体时不会牵扯到三人中的任何一个。一场冰天雪地里的意外之旅就这样开始了。

　　尸体的秘密贯穿全书直到最后才揭晓真相，然而阿连德真正想讲的却不是这场路途本身，而是胆战心惊的三人在突如其来的几个共处的冬夜里为了抵御寒冷互相讲述的人生故事——那些他们曾经独自经历的冬天。某一瞬间，这样的编排会令人恍惚想起卡尔维诺笔下在命运交叉的城堡里摊开纸牌讲述各自故事的旅人。窗外的风雪呼啸渐渐融入背景的嗡鸣，我们跟着理查德去了巴西的海滩，跟着露西亚去了军政独裁前的智利，跟着艾韦林回到了她出生长大的危地马拉小村庄，拉丁美洲20世纪下半叶血迹斑斑的历史在这些平常人物的命运中以前所未有的清晰模样投影在读者面前。

## 不可战胜的夏天

《冬天之外》里占据最大篇幅的回忆大多与死亡有关，阿连德关于死亡的叙述几乎是压迫性的，如此直接，不给人一点喘息的机会。艾韦林和露西亚各自面对死亡的故事有时显得如此魔幻，充满拉美那片大地上独有的气质，有时又如此真实，因为那段历史之迫近令人无法质疑它们的存在。

艾韦林的母亲就像许许多多危地马拉人一样偷渡去美国谋生，寄钱回家给家中老人，好让他们养活自己的孩子。因此从小，艾韦林和她的两个哥哥对于母亲的全部记忆就来自每隔几个月打来的电话和寄来的明信片。这些自幼缺少父母陪伴的"留守儿童"大多很难接受完整的教育，不少在长大的过程中误入歧途。艾韦林刚刚成年的大哥就在这样的荒诞中成为牺牲品，因为帮派斗争被残忍杀害，尸体挂在村头的桥上。独自抚养三个孩子长大的艾韦林的外祖母带着艾韦林和她的二哥赶到桥边的时候，尸体旁边已经围满了人。警察催促他们赶紧把人带走，外祖母仿佛瞬间老去瘫坐在地上，一直帮助他们的神父打电话通知艾韦林的母亲这一噩耗，她需要寄钱回来安葬自己的孩子，也就意味着她没有钱回来参加这场葬礼。然而悲剧并没有结束，报复还在继续，不久之后，艾韦林和二哥也在家中遭到报复，饱受凌虐生命垂危的艾韦林眼睁睁看着暴徒杀死了她仅剩的兄长。

在医院醒来之后，艾韦林就彻底失去了言语的能力，她张开嘴却无法发声。外祖母意识到她的病症超越了医生的智慧所及范围，于是当艾韦林的伤将将愈合，外祖母便带她上路去寻找她们的祖先玛雅人所信仰的疗愈术师。艾韦林在药方作用下在术师的帐篷里做了一个绵长的梦。她看见自己被剧烈的色彩包围，向日葵的黄，曜岩的黑，翡翠的绿。幻象在她眼前走马灯一般旋转，五岁时骑在大哥肩头，衔着两只幼崽的美洲豹，母亲和一个不认识的男人，可能是她素未谋面的父亲，挂着大哥尸体的桥头。她尖叫起来，大地蒸腾起热气，植物哗哗作响，暴烈的花绽放，她的哥哥被钉在桥头。艾韦林一直尖叫，想要逃脱却动弹不得。远方隐约传来玛雅文的吟诵声，仿佛一首摇篮曲，渐渐地，她平静下来，鼓起勇气抬起眼睛，看见大哥不再被挂在桥头，而是站在那里，毫发未损，在他旁边站着同样完好无缺的二哥，他们喊着她的名字，做着模糊的告别手势。她远远地送去一个吻，两个哥哥笑了，回转身去，渐行渐远，消失在紫红色的天际。时空扭曲错转，艾韦林已经感知不到时间的先后长短，完全将自己交托给引领她的力量，竟然也因此没有了恐惧。那头叼着幼崽的美洲豹又回来了，她轻抚这头美丽动物的脊背，金黄色的大猫静静陪在她身边，琥珀色的眼睛盯着她给她示意走出幻象迷宫的路。几个小时之后，艾韦林醒来，发现自己满身疼痛不知所终，失焦的双眼终于定下来的时候，她看见外祖母坐在身边，术师问她："孩子，给我讲讲你看见了什么。" 受伤以来，艾韦林第一次发出声音，尽管只是破碎的单词，"哥哥""豹子"。

露西亚的哥哥恩里克是智利军政独裁期间成千上万"死不见尸"的失踪者的代表，她的母亲莱娜花了半生的时间寻找自己失踪的儿子。有一天，军人上门通知她去为她的儿子收尸，但是不让她打开已经钉死的棺材。抬回棺材后莱娜偷偷撬开棺材才发现死者并非恩里克，而是一个陌生的小伙子，这只是无数档案错乱造成的乌龙事件之一。然而此时也只能先把"恩里克"葬入自家墓地，下葬前，她拍下了死者的照片，以期将来找到真正的家人再将他的尸骨移还。此后的岁月里，始终没有人认出这位无名的死者是谁，他也就一直躺在莱娜家的墓地里，紧挨着她的丈夫。慢慢地，他真的变得好像莱娜的家人，这位母亲会常常带着花去看他，和他说话。她依旧为她始终不曾找到的儿子恩里克祈祷，直到她生命的最后一天。露西亚这样对艾韦林说起母亲的死："在找了恩里克35年之后，她在2008年决定开始与这个世界告别。"

　　露西亚觉得她的死并非因为疾病或衰老，更多是因为疲倦。这是一场有计划的告别，莱娜想要慢慢减少进食最后衰弱致死，她觉得这是最自然的方式，让她可以保留尊严到最后。在缓慢的衰败中，她与露西亚谈起恩里克。露西亚问她："哥哥今年应该已经57岁了，不知道他现在会是个什么样的人？"莱娜回答道："他还是22岁，露西亚，他还是那么理想主义，那么热情澎湃。我知道他已经死了，他们杀了他。他还是那么年轻，人死了以后就不会再变老了。"露西亚陪伴母亲度过了最后的时光，回光返照的瞬间，莱娜微睁开眼，看着榻前的女儿和外孙女，喃喃说道："孩子们，我爱你们。恩里克，我们走吧。"

露西亚感觉到母亲的手从她紧握的手中滑开，那一刻她竟恍然，死亡并非终点，并非生命力的消逝，反而如同强劲的海浪袭来，海水清凉，光彩照人。

与两位女主人公不同，理查德需要接受的不仅是死亡，更是愧疚与自己的无能。几十年来他都无法原谅因为自己的疏忽与酗酒造成妻子和孩子的离世，因而变得几乎自虐式的小心翼翼。他的心或许是三个人中间冰冻在死亡之冬里最久的，直到整个意外之旅即将终结的时候，才有了松动的痕迹。年岁渐长带来的诸多不可避免中，接受死亡总是一件难以攻克的难题，它甚至很难在积累中学习，每一次都没有比上一次更容易面对。这样的失去像是突然之间开始的，同龄人开始失去长辈亲人，先是祖父母辈，渐渐到了父母辈，间或还有同辈人的意外。回想起来，好像每一次面对都毫无长进，还是同样的手足无措。也许正是因为这种无措使然，《冬天之外》里关于死亡的讲述才会格外令人印象深刻。书中的主人公都曾经历改变自己人生的死亡，唯有以某种方式接受，才能继续向前。

"在隆冬，我终于知道，我身上有一个不可战胜的夏天"，加缪这句话是阿连德创作整部小说的灵感，而书中讲出它的人是露西亚。这本小说其实是三个身处隆冬的人，寻找各自心中那个不可战胜的夏天的故事。最终，我们会发现，内心的夏天之所以变得不可战胜，不是因为他们发现自己比往日更加强大，恰恰相反，内心的不可战胜是因为他们每一个人都接受了自己的脆弱无力，接受了自己的无可作为，接受了失去与断裂才是生命不变的法则，如穆旦的诗中所写："人生本来是一个严酷的冬天。"他们放低自己在生命中的位置，却因此找到了与过往和解的方式，在最冷的冬天得以幸存。这种接受并非消极或颓唐的，而是一种认识、原谅和接受自我的过程。生命所有不可预知的际遇，反而只有放下与交托的姿态可以生出最坚韧的力量。阿连德描述自己的信仰是"不可知论"，平等地尊重一切有形无形的力量，无论何种神力，都没有可以一味贪求的心想事成，反倒是在人生漫长的黑夜中定下神来，更能留意到天空中偶尔闪动的令人惊喜的光点。《冬天之外》完结的地方，冬季已远，盛夏光年。

# 幸存者阅读

新年伊始，谨以此文，献给曾经遭遇和尚未遭遇黑暗的人，给幸存了又一年的人。

> 那些已经亲眼目睹
> 跨进了死亡这另一个国度时
> 只要记得我们——不是
> 丢魂失魄的野人，而只是
> 空心人
> ——托·斯·艾略特

一

2009年11月10日，周二下午6点15分，德国国家队守门员罗伯特·恩克在开着车徘徊了8小时以后，站在铁轨边，面朝从不莱梅呼啸而来的列车，跳了下去，时年32岁。那天以后，公众才第一次知道这位征战顶级联赛的运动员曾在2003年被抑郁症击倒，花了十几个月才勉强从几乎断送他职业生涯的浓雾中走出来；第一次知道这年夏天病症重新袭来，他又在药物、咨询与恐惧中挣扎了整个秋天，最终败下阵来。

两年后，与恩克相识多年的记者罗纳德·伦出版《门将之死》，独自完成了两人曾经约定要一起写的书。2004年2月，在他即将从第一次抑郁症的袭击中走出来的时候，恩克告诉罗纳德："我开始为我们的书零零散散做些笔记了。"2009年夏末，复发后假象好转的恩克给罗纳德发短信说："我得说这又会是我们的书里不错的一章。"他原本想，退役以后，就可以在这本书里坦诚地谈论自己的病症，最终，只留下了两大本被他叫作"抑郁日记"的记录。

从日记的字里行间、从仅有的几个知情的亲人和朋友复原的场景里，我们读到了恐怕每个抑郁症患者都多少经历过的折磨。整夜整夜的失眠，脑子里纷乱的念头无法控制的时候，他会起身去洗手间，坐在马桶盖上发呆，无望地等待睡意，最后徒劳无功地躺回床上，睁着眼睛到天亮。生活变成持续的考验，一连串需要完成的事情，每一件对他而言都太费力了。他有清晰的概念自己应该做什么、应该怎么做，却只能像全身麻痹的旁观者一样看着自己把每一样事情弄糟。还有恐惧，深深的恐惧，害怕复发，害怕噩梦重演，害怕让自己失望，害怕让别人失望，害怕新的一天到来，害怕被曝光，害怕职业生涯因此终结，以至于每次去精神医师的诊所都要记得戴上棒球帽并压低帽檐。

2003年第一次跌入深渊的时候，恩克觉得自己是知道原因的，因此当他终于与足球、与失败和解的时候，以为一切都过去了。他甚至挺过了罹患先天性心脏病的女儿的夭折，从第三级别联赛回到顶级联赛，并极有可能成为2010年世界杯德国队的正选门将。然而与抑郁症的较量就是这样，一次休战无法确保下一次它不会回来，一次胜利无法确保下一次不会失败。复发是没有规律可循的，一个有病史的人可以毫无问题地应对极端压力，却在某个看上去琐碎无奇的事情面前突然崩溃。

最后那个周六的联赛，他发现在球场上令人满意的表现也一点都无法产生任何改变了，他什么都感受不到了，全是麻木的。他不是懦夫，他赢过一次，可是这一次，他想，这一次，什么都救不了他了。

11月8日，周日晚上，没有早早躺下，看完了电视上播的《泰坦尼克号》才睡。

11月9日，周一下午，结束训练回家，外面下着雨。和妻女去了最常去的咖啡店。特蕾莎举起相机，他抱着莱拉露出笑容，好像并不费力。

11月10日，周二，中午12点半的时候，罗纳德·伦打来电话转达一位英国同僚的采访请求以及德国奥林匹克图书馆想请他去做讲座。"我怎么觉得我像你的秘书一样呢！"老朋友开玩笑道。"我今晚再打给你好吗？"对方匆匆挂断电话，罗纳德不记得他当时的声音是什么样了。

二

2011年11月27日凌晨，威尔士国家队的主教练加里·斯皮德在一个异常黑暗的地方，什么其他都不重要了。几个小时后，妻子露易丝发现他吊死在自家的车库里，时年42岁。

2018年，斯皮德的记者好友约翰·理查森在《加里·斯皮德：没说出的故事》里首次公开了当年他们共同撰写的两章自传，并收录了大量与他的妻子、父母和众多朋友的采访。时隔7年，巨大的问号依旧盘亘于每个人的脑海："我们所有熟知他的人都花了很多很多小时想有没有什么是我们本来可能做的？有没有任何预警的信号？然后你会觉得愧疚，然后是愤怒，他为什么要离开？"

在所有人眼中，这个威尔士人安静、得体、完美主义，喜欢将每件事都妥善做好，始终保持着绝佳的职业道德和工作态度。他是最不让人觉得会发生这样事情的人，在朋友眼中他看上去像是一个拥有完美生活的完美的人。从队长到主教练，他是替所有人解决问题的人，这是否让他更难接受和承认自己的弱点并向他人求助？

悲剧发生的前一天，他还完成了所有人的预期中他会做的事：去看儿子在学校踢球，和学校老师聊了几句，然后去英国广播公司录制电视节目《足球聚焦》，谈论威尔士的世界杯预选赛之旅。在主持人丹·沃克的印象里，那天的斯皮德比往日要显得更快乐和满足，离开时还提醒他说："别忘了下周一给我打电话，我们要把上次那场高尔夫打完。"他甚至一如往常地给正在电视上出镜的记者好友布莱恩·劳发去调侃其白发的短信："看来约克郡已经下第一场雪了呀！"

在他死后，露易丝从他17岁时写给自己的信中重读出种种端倪，想到他或许从很年轻的时候就饱受折磨，只是依靠对人生完全的掌控力、依靠全身投入家庭、足球、朋友来控制内心的阴影不要致命地扩大。他没有求助过，甚至可能都没有意识到这样的黑暗是需要像普通伤病一样求助和接受治疗的。如他的父母在书中所说："至少有一件事，我们希望他的死能让人们更开放地谈论心理疾病。我们唯一的猜测是他饱受抑郁症的困扰，但是谁也不知道。他总是挂着笑脸。"

如果每个人都有自己的魔鬼，斯皮德的魔鬼藏得太深了，可能连他自己都不知道见过了它。

三

历史上备受抑郁症折磨最终弃世的艺术家并不少见，文学与疾病、艺术与自杀在文学研究里是可以单独成立的方向，以至于很多人仿佛觉得这件事是有内在逻辑的，好像抑郁症的打击范围是有精准对象的，好像艺术家会自杀并不奇怪，至于普通人，"好好过日子怎么会抑郁呢？""坚强一点，乐观一点就是了"。于是有人可以轻飘飘地将"我今天抑郁了"挂在嘴边；有人可以把它"浪漫化""艺术化"；有人能够理解甚至欣赏艺术家的抑郁、诗人的自杀，却无法正常面对和共情身边人日日夜夜凝视的深渊。

然而小说家库切在《青春》中一连串的自问与恩克在日记里记录的绝望如出一辙：

> 如果他继续待在这里，通不过考验、失败得很不光彩怎么办？如果他独自在房间里，开始哭了起来，而且停不下来怎么办？如果一个早上，他发现自己缺少勇气结束，觉得在床上度过这一天要容易一些——这一天、下一天、再下一天，在越来越邋遢的床单中度过——怎么办？像这样的人，这样不能够面对考验而垮掉了的人，以后会怎么样？

同样是遭遇本质共通的人类机体与心灵的痛苦，艺术领域以外的患者往往"享受"不到人们由对艺术家的想象而生的某种程度的宽容。在几乎所有的职业领域（不仅是职业足球）公开暴露自己的精神困扰都是危险的，精神不稳定很有可能成为丢掉或无法获得职位的理由。在以结果为导向的"正常人"社会价值体系中，一个守门员——球队的最后一道防线——不能是一个抑郁症患者，一个合格的员工不能是一个抑郁症患者。在足球界的预设里，一个职业球员面对任何失败与低谷都是不被允许退缩的，他们被要求（或是自我要求）必须坚信（或显得坚信）一切皆有可能。在社会的预期里，职业性也意味着每个人自动有能力控制情绪，消化掉任何指责与辱骂，继续工作。大多数人缺乏对抑郁症真正的了解，许多患者也对自己的病症难以启齿，甚至意识不到去寻求帮助。

而抑郁症其实是毫无道理亦没有偏见的病症，人无法选择抑郁与否，是抑郁症选择了人。它可以发生在任何人身上，不是艺术家或诗人的专利，也与矫情或懦弱、失败与成功没有必然关系。世界卫生组织数据显示，全球超过3.5亿人在抑郁症的深渊里挣扎，每年全球自杀死亡的人数近80万人，抑郁症是最大的诱因。它不仅是心理疾病，更是生理机能的病症，每一样症状和行为都有科学上的解释，更是全无什么浪漫可言：药物副作用的折磨，试药、换药、再试药，诊疗室外做不出表情、严重缺乏睡眠的脸……抑郁症的漩涡在于疾病剥夺了一个人做大部分正常事情的能力，让人用尽力气也完不成普通的生活，而由此产生的无力和无用感（"我什么事情都做不了"）会把人拖入更深的病症中，一直到底部（像皮扎尼克自杀后她书房黑板上留下的最后那行诗里写的）。

四

恩克死后，不少德国报纸使用德文词 Freitod（"自死"，字面义"自由的死""自愿的死"，出自尼采《查拉图斯特拉如是说》中的"自由之死"）来描述这件事，罗纳德·伦认为这样的用法是错误的，因为"抑郁症患者的死亡从来不是一个自由的决定"。西川也曾说："我一直假设海子卧轨自杀那天，他往山海关走，如果碰见个熟人，可能就去饭馆吃饭了。"这样说并不意味着自杀者的死愿不真实或抑郁症的痛苦没有那么巨大，恰恰相反，抑郁症患者选择死亡与否有时只在一线之间是因为对他们而言，死亡不是目的而是途径，是他们能想到的唯一可以结束当时当刻、无时无刻的痛苦的办法。许多抑郁症患者尝试自杀的时候并不是冲着死亡的结果而去，只是一心想要头脑里的雾气、包裹整个生命的黑暗一次性消失结束。

抑郁症像是把人类分成了两个物种，无论是否相爱都无法听懂对方。这样的隔阂普拉斯在自传体小说《钟形罩》里写过——主人公埃斯特尔的母亲去精神病院探望自杀未遂的女儿，对她说："没关系，就当是做了一个噩梦，我们重新开始。"埃斯特尔望着天花板无望地想：可是如果世界才是我的噩梦呢？让·埃默里在他自杀前的最后一本书《独自迈进生命的尽头》里也写过：

> 有个人在夜里回家的路上，在他必经的灰暗灯光笼罩下的街道上对自己说：这一切都不值得，我的努力都不值得，我所能期待的都只是在实现的过程中就被吞噬的幻觉而已。我要给这件破事一个了结。而同时，另一个人回到了家，谈的却是晚霞，是感冒和明天的天气。

可是，在那些被留下来的人的讲述里，我们读到他们一遍一遍追问"为什么？"——不仅是"为什么要死？"更是"为什么不和我聊一聊说一说？"就算每个人都是孤岛，每个人的人生终究是一个人的战役，也许，有时候，哪怕仅仅是有时候，是可以说出来的。

无论虚构或纪实，无论第一人称的讲述还是他人的追忆，这些书都是伤痛之书，不安之书，可是这些声音需要被听见。

人与抑郁症的缠斗虽然开始得毫无道理，虽然漫长无边，虽然可能永远无法彻底结束，甚至有一天最终还是放弃了，及时的干预、必要的求助和可能的陪伴依旧值得坚持；这世界上，如库切所写——

他不可能是唯一受到考验的人。必定有人通过了低谷，从另一头走来；必定有人完全躲过了考验。

# 地点与路径

# 奇迹之城里的未完之书

在普拉卡区，
紧挨着蒙纳斯提拉奇，
一条有许多店铺的平常街道。

那是八月的一个周一，
经过艰涩一年，刚刚抵达。
我记得我突然爱上生命，
因为那条街闻上去

有厨房和鞋皮料的味道。

——吉尔·德·别德马《潘多罗索街》

在本雅明的定义里，廊巷是指城市里没有外延的街巷，两边是房屋，只有一个入口，一如梦境。1940年，他溘然长逝于西法边境，留下一本准备了13年尚未完成的作品——写给巴黎的《廊巷之书》。他打算用巴黎的街头巷尾无数史料故事照片散记拼贴出19世纪巴黎作为世界之都时的模样，最终未能完成，仿佛城市本身，永远是讲不完的故事。2017年春天，西班牙的书店里摆上了一本名为《巴塞罗那：廊巷之书》的硬壳书，由历史悠久的文学出版社古腾堡星系出版。巴塞罗那作家豪尔赫·卡里翁走遍这座城市的400余条老廊巷，集成一部碎片化的非虚构城市散文记录巴塞罗那，致敬本雅明，思考"城市"这个曾经魅惑过先贤如卡尔维诺或波德莱尔的概念。

## 可读的城市

相传，最先从科学上验证并破获树木年轮秘密的人是一位美国宇航员，叫安德鲁·埃里克特·道格拉斯。卡里翁在书中感叹，一个惯于解读星空的人做到这一点并不奇怪，因为"世间最不寻常的真相时常藏于最微小的事实"。在道格拉斯心中，年轮是树木的日记，是记录古森林的罗塞塔石碑。而在卡里翁眼里，每只摊开的手都是一颗星，彼此相连的街区构成小型银河系，每颗沙砾都代表整个沙漠，而他的每条廊巷都在讲述这座城市的过去和现在。

四季轮回写在树的封面上，城市的历史则在街头巷尾的尘埃下。那场瘟疫和遍城的大火，如今还留有灰烬吗？晒在太阳下的衣衫，被急促的雨浇了个措手不及。古老的街区，连同它的巷道，人来人往，个体的故事和群体的记忆一层又一层地覆盖在同样一片土地上，等待着将来的阅读。这座可以被阅读的城市，等待着，有人翻开第一页。

1925 年到 1933 年之间，本雅明曾三次途经巴塞罗那，那时距离如今游人如织的兰布拉斯大道几步之遥的地方有一条叫作"和平"的廊巷，每当山里落下暴雨，兰布拉斯大街定会淹水，和平廊巷的居民就三五成群地聚在巷口几个突突冒水的井边涤衣服。彼刻此时之间，兰布拉斯大街可能除开多了些五脏俱全的巴基斯坦小超市以及挂出招牌吆喝"畅饮时段"的酒吧外并无多少改变，那些廊巷的命运则各不相同了。有许多如今已经消失或者合并成另一条街，有一些杂草丛生无人居住，还有一些依旧安静地呆在时间的长河里。比如罗瓦克尔廊巷，从与它同名的小广场朝着大海的方向走上 10 分钟就可以到达。它是那个街区唯一存活的廊巷。而它的存活或许并不归功于居民们用栅栏封住了惟一的入口，而是因为它从未在任何地图上出现过。

探访中，卡里翁看到许多立体的城市记忆。比如卡列拉廊巷旁边的街道与公园之间兀自立着三根孤零的弧拱，它们是一座高架渡水渠的一部分，曾在 1824 年到 1987 年之间一个半世纪的时间里源源不断输送着巴塞罗那城的饮用水，像一条可见的银线。直到 20 世纪 80 年代，巴塞罗那开始从特尔河中取水，渡水渠突然成了废墟。或者，1937 年到 1938 年内战时期那个最残酷的严冬，居住在卡尔梅区山脚下一条廊巷里的居民们聚起来讨论是把家旁边的古树砍掉劈成柴火过冬，还是扛过严寒保留它们。今天，那些松树还在那里。

卡里翁笔下的廊巷是碎片化的，与这本书的写作风格相得益彰。全书由散文片段、新闻史料、故事、摘抄、人像、照片等元素拼贴而成，共207节，没有小标题，只是从0开始编号，每一节或长或短，片段之间时而相连时而跳跃，旨在用碎片展现碎片化的整体。在他心中，每条廊巷都是对整座城市的肯定或否定。如果一座城市里还存在一条廊巷不属于任何路任何街，这座城市就还没有进化完毕，依旧拥有一部分古老的时间节奏，走走停停，很有仪式感。这些廊巷如同时间的入口，通往城市的精神，通往由所有市民组成的情感与象征维度，这种维度往往与政客或规划师所想的截然相对。它们是时间的机器，巷子墙壁上的涂鸦，砖石的缺口，不同时期的历史记忆叠加，仿佛一块展现不同身份的巨大屏幕。要怎样去描述一座城市，不仅是以地标建筑，更要用酒吧的谈话、邻里的闲聊将一座大都市变成有机体，变成一本可以阅读的百科全书。

## 碑，机器，网，档案

《堂吉诃德》中疯骑士踏遍半个西班牙的乡野荒原，唯独造访过的一座城市是巴塞罗那。当时他曾望见的山上的防御工事给过这座城市多少保护，也带来过多少毁灭。或许人类即是如此：建造又毁灭，毁灭再建造。而我们，就是在这样的往复之间，通过建筑、通过城市空间构筑记忆。卡里翁将现代城市的维度总结为碑，机器，网和档案，这其中，档案即是一种纪念碑，是运转的机器，也是连接、笼罩的网。它坐落于个人记忆与集体历史、虚构与现实、艺术与编年的交汇点上。存储、分类和归档，都成为集体记忆的形式。

卡里翁的书中许多个体故事都是这样的档案。19世纪末，一个加泰罗尼亚年轻人在巴塞罗那的加西亚区结识了他后来的妻子安东尼娅。他们在这个区一条名叫"市民"的廊巷15号买下地皮建了房子。他的三个孩子都在这幢里出生，都是"红色"的左派。他们在房子的后院里用岩石搭起洞穴掩护被稽查追杀的政治家。大儿子奥地利奥是加泰罗尼亚社会统一党的组织书记，1940年2月5日警察来到他家搜查。奥地利奥和家人试图把可能获罪的文件藏进屋后的盲井，但是警察发现了一箱子宣传资料，因此将他抓捕。他在"模范监狱"被严刑折磨，一年后的3月判处死刑，5月被枪决，他是内战后初年"大清洗"无数受害人中的一个。在1939年到1952年间，共有1700人次被杀，其中一半都死于加泰罗尼亚。写这本书的时候，市民廊巷15号早已无人居住，但是奥地利奥的孙女玛利亚告诉作者，房子的浴室天花板里面还藏着奥地利奥从监狱里写来的信。

还有那些已经消失的职业。在霍尔塔区，从12世纪到20世纪初，如今是停车场的地方都被用来清洗、漂白、晒干巴塞罗那城大半的送洗衣物。洗衣工们住在毗邻的街上，一半是老房子一半是水井和菜园，中间有弧拱形的廊桥相连，如今是巴塞罗那最美的廊巷之一，弯成出人意料的新月形，一直延伸到卡尔梅河道边。许多世纪以来，这里清澈涌动的河水为居住在霍尔塔区的家庭提供了最主要的经济来源。洗衣工们从十来岁就开始漂洗手绢、衬衫和床单，直到年过70才不再继续。

作家在书末坦陈，城市瞬息万变，这本书作为记录注定会是失败的，因为"一座城市的样貌变得比凡俗人的心更快"，城市的生长显著而快速，无论是面积的扩张还是高度的增长，一座城市可以在数年间被完全重建。然而，正如廊巷并不两厢贯通，无法通往任何实际的地方，而是一个没有确切目标的空间，一端无尽，一端有尽，廊巷是然，这本书亦是然，它们的存在本身就是个二元命题，光与影，建造与毁灭，乌托邦与资本城……正是这样的对立冲突给了对城市的思考以空间。

## 城市的语言

卡尔维诺曾说，每座城市都必须找到那个让它在历史长河中得以延续的元素，将它与其它城市区分开来、赋予它独特意义的那个元素。一座城市可以经历灾祸动荡，可以一块一块石头地改建它所有的房子，但是一定要在必要的时刻，以不同的方式，重新找到独属于它的神明。如果说每座城市都有自己的呼吸与韵脚，巴塞罗那会是一首怎样的诗呢？

卡里翁在他走访廊巷故事的路上找寻着。除了老故事，还有文学和艺术。他和塞万提斯文学奖、卡夫卡文学奖的得主、巴塞罗那小说家爱德华多·门多萨相约一条名为"马鲁克尔"的廊巷。门多萨住在这条廊巷上，而且"不是因为偶然"，这是他早年因为学业与工作迁徙于伦敦、维也纳和纽约之间时心心念念要住进的地方。原因呢？卡里翁不禁好奇。小说家笑了："因为我觉得那是巴塞罗那唯一一条伦敦的街巷。"读到这里，我也不禁按下书跟着笑了起来，多么神奇，在一座城市里找寻另一座城市的街道，而他最负盛名的巴塞罗那城市小说《奇迹之城》又是在纽约写成的，是否要在另一座城市写这座城市的变迁才能获得足够的距离呢？回忆起曾经的巴塞罗那，门多萨忽然提及那时有很多女人特意留长头发去卖钱，在他儿时玩耍的巷子里就有这样一间买卖真人头发的店铺，"每次路过，我都很害怕"。卡里翁看到，这样说的时候，有那么几秒钟，小说家"73岁的面庞变回了一个黑暗里的孩子"。

廊巷成为门多萨记忆里穿越时间的甬道，这一概念与戈迪亚基金会总部收藏的一件艺术作品不谋而合。作品名为"15世纪的植物房间（双面廊巷）"，从外面看是一个房间不锈钢外墙，镜面反射出周围环绕它的建筑，管道里面则是用铜粉、纤维和布料模拟出的植物墙，如同迷宫，延展出完全不同风格的表面，仿佛夜晚的一株植物，或者闭上眼睛才能看见的空间。"廊巷"的两面如同河的两岸被实体的空间相连，一边是镜面的轻，一边是凹凸的厚，仿佛彼此看不见对方存在的两个星系。如此看来，巴塞罗那的廊巷其实可以移植去别的地方，可以是一部小说，一则新闻，一首诗，也可以是这个世界其他城市的其他廊巷，是别的广场、博物馆、花园，甚至，是水下。书中另一个与廊巷灵感有关的当代艺术作品也来自同一位女艺术家克里斯蒂娜·伊格莱斯亚斯，名叫"沉没的空间"。艺术家在科尔特斯海域的沼泽与开放海之间的过渡段安装了14个格子框架，每个3米高。自2010年至今，珊瑚在框架上缓缓生长铺张，架子底下关于大西洋的文本日渐模糊。无论是植物还是动物，它们的呼吸让原本的城市部件脱离了时间的审判，不再受时间的侵袭，成为可以生长的废墟。

或许，巴塞罗那的城市语言其实是它的每条廊巷、每个居民在城市提供给他们的语汇和句型基础上自发生长出的独特话语。正如作家在描述自己的城中搬家记时做的类比，任何一对相爱的情侣都有只属于他们的语言，这种私密的语言在他们分开时就开始走向死亡，直到双方都找到新伴侣时彻底死亡，两人各自与别人发明新的语言。在同一座城市搬家也是这样，换了四壁和屋顶，换了邻居和周围的便利店，换了距离和地铁站。一种城市语言死亡，一种新的语言诞生。城市里的人搬来挪去，该有不计其数这样已经死去的城市语言在飘荡吧。搭地铁或者乘出租，身体可以在城市里迅速穿梭，灵魂的速度却要慢很多。

　　最终，卡里翁的《廊巷之书》和本雅明的遗作一样，是一本未完之书，作家用一个敞开的文本构建迷宫，他在采访中说，建议读者用走路的速度阅读。

# 我们在书店相遇

2019年6月初，西班牙作家豪尔赫·卡里翁受塞万提斯学院之邀来到北京，与中国读者聊一聊自己第一本被翻译成中文的随笔《书店漫游》。写一本关于书店的书其实原本并非在他的计划当中，造访不同城市时以当地书店作为地标只是作为读书人的习性使然，渐渐地，客厅储物架上多了好几个塞满世界各地书店名片与宣传散页的纸盒。某日闲来无事，取下一盒翻看，书店背后的故事如同神灯被擦拭后吐出的烟气幻化成型。

在北京塞万提斯学院的活动中，作者尤其谈到书店、图书馆和个人书房三者之间的关联。个人书房可谓私人空间的极点，卡里翁甚至笑言结婚时最大的个人领域侵袭来自两个人的书柜的融合，毕竟藏书是体现一个人内心世界的最私密空间，令人不禁想起法国电影《将来的事》里中年离婚的哲学教授夫妇，最大的财产争夺竟也是来自藏书分配。而从私人藏书向公共藏书的过渡中，书店与图书馆的交流与关联更是由来已久，亚历山大图书馆的建立灵感恰是来源于亚里士多德的私人图书馆。相比图书馆有章可循的书目管理与摆放，书店的图书布局可以更为个性化，因而提供了书与书之间可能是独一无二的邂逅，如本雅明所写：

> 一家书店可能会把爱情故事和彩色插画集摆在一起，把描写马伦哥战役中的拿破仑的书放在某位少女的回忆录的上方，在释梦的书籍中夹杂着一本菜谱，描写旧时英伦风土人情的书甚至会和福音书放在一起。

在卡里翁看来，书店是一个不可替代的相遇空间，如同墨西哥的一位书商在想象未来书店时所写："把书店当成一个真实的空间，在这里，在某一个美妙的时刻，有血有肉的人和被赋予了某些特性、有分量的并且唯一存在的物品之间真正地相遇了。"《百年孤独》里奥雷良诺·布恩迪亚光顾加泰罗尼亚智者的书店，每天下午6点在那里与四个辩论者的讨论是他自我发现的过程。《岛上书店》里不同人物重拾人生的努力也都发生与结束在孤岛上唯一一家书店里。而波拉尼奥始终记得，他第一次抵达欧洲时在书店里买下的第一本书是博尔赫斯的《诗选》，同样连同那家书店一起完好无损地保存在他的记忆中的，还有谁在书店门外等他，那一夜做了什么，以及"把书捧在手中时心中生出的幸福感（毫无理智的幸福感）"。

卡里翁个人的城市经历是建立在旅游和书店的交集之上，街道、书店、广场和咖啡厅如一个个驿站一般共同组成现代游历路线。旅人在书店发现与重新发现某位作家，而书留在书架上累月经年的时间，直到遇见完全无法预知的读者。这种相遇几乎完全随机，却又仿佛命中注定，比如特吕弗在巴黎德拉曼书店的二手书堆里遇见那本名为《祖与占》的小说的那一天。更有许多已经消失的书店从此只能在记录过它们的书里存在，仿佛也是得其所哉的终点。

当外部世界动荡，书店既是这种动荡的体现，又是隔绝外在的独立存在。西班牙内战后大批支持共和国一方的知识分子翻过比利牛斯山流亡至法国。在巴黎的西班牙人书店后院里，他们继续着坚守的文化活动，而这家书店的前身正是1927年创建于马德里的莱昂·桑切斯·古埃斯塔西班牙人书店。"27年一代"的数位重要诗人都是这家书店的常客，从这里订购的法国文学新书是他们最初的文学成长中不可或缺的养分。而2001年，当经济危机席卷阿根廷，街头巷尾诞生了"收购纸壳"的新兴职业，应运而生的竟然是一间纸壳出版社兼书店。一群白天在街上收纸箱纸盒售卖度日的年轻人将单篇的经典文学作品印在低廉的纸上装订，用捡来的纸壳做成封皮，手绘封面，然后放在一家报摊亭式的棚屋书店里售卖。"纸壳出版"的文学书籍价格是日常书店里图书的零头，贫穷却渴读的阿根廷人能以这样的方式读到最优秀的文学作品，诸如塞萨尔·艾拉等阿根廷的一线作家也用赠送自己单篇作品版权以供制作"纸壳书"的方式默默地支持着这一用文字抵抗外力的徒劳征程。

关于书店与人的故事还有许多。在阅读《书店漫游》的过程中，个人经历里有过的瞬间混同阅读经历里共享过的时刻一齐涌来。比如，阿莱克桑德雷在散文中回忆起18岁时在马德里圣伯纳德街上的旧书店偶遇40岁许的前辈散文家阿索林，老先生正抬起一只胳膊，要去够书架上的一本书，而年轻的阿莱克桑德雷只感觉到时间静止了。又比如，西班牙内战后的诗歌荒芜年代，曾有一个年轻人每天每天去家旁边的小书店，直到读完满满三个书架的诗集，多年后，他成为这个国家首屈一指的战后诗歌研究者，在专著的序言里深情地回忆起年少时代的那间小书店："我想那时我爱上了书与书之间徜徉的空气，它比生命的呼吸更为切实。"

在几乎平行于他们的时空里，还有一个年轻的西班牙男孩，新近得到一本诗选，在读完里面所有他熟悉的诗人的作品之后，他的目光停留在一个陌生名字上。他开始读他的诗，感受到自己尚未来得及体验的生命沉沉的分量。从那一刻起，尽管几乎对那位诗人一无所知，他已经爱上了他，就像爱上一曲初次唤醒自己最深刻忧郁的歌谣。他找来所有能找到的当代诗选，眼光飞快扫过目录，检索那个人的名字。在书店的角落里，他一点一点用缓慢的热情熟悉那个人的诗作，记住他的一切。在路过另一座城市的时候，他在一家小书店成堆的书里找到覆满灰层的一册，封面上印着那位诗人的名字，还有一个陌生而美丽的标题。男孩一时间忘记所有，买下这本书。回程的火车上，他努力克制翻看的冲动，直到抵达的下午，独自在房间里，缓慢地惊奇地读它，驻留于纸页间的，是最绵长火热的目光。这个男孩后来成为西班牙战后"世纪中一代"的重要诗人，并在2020年获得塞万提斯文学奖。而他读到的那本有着陌生而美丽书名的诗集是前辈诗人塞尔努达的《仿佛等待黎明的人》。那间小书店成全了塞尔努达感叹过的作为写作者"令人艳羡的命运"："穿过同代人的视而不见，在身后未来的读者那里找到道路。"

卡里翁在书中提到的马德里的几间书店，对我而言更是有别样的意义。依稀记得"中央书店"二楼的新书展台上曾有一天在醒目位置并排摆放着西语版的《平如美棠》和《请以你的名字呼唤我》，仿佛一日与永恒的会面。而上一个夏天，暑气尚且没有蒸腾起来的晚上，在一间阿根廷人开的书店的"皮扎尼克之夜"里听过一整晚她的诗与散文诵读，不同年龄段、不同性别的人纷纷说起他们与皮扎尼克的"相遇"。听诗的时候，突然意识到自己几乎能够跟着背诵，这是从未刻意的事，却好像是那些句子在过去四年的朝夕相处里不知不觉深入骨髓。也是在那里遇见一位布宜诺斯艾利斯来的女诗人，执意把她刚出版的诗集签给我，在扉页上写感谢我翻译了皮扎尼克。这几乎是一个译者能够享受到的巨大幸福时刻。还有几个春天以前的傍晚，去阿尔贝蒂书店参加导师出席的新书发布会，一位优雅的白发女士坐在我身边，活动结束后导师替我引荐，才知道她便是"27年一代"代表诗人赫拉尔多·迭戈的女儿。羞赧如我，最终没有说出，曾经，当20岁出头的我百般纠结于是否要把文学从爱好变为志业的时候，是她父亲的一首诗让我意识到自己的人生没有诗歌不成活。

　　或是更久以前的伦敦，罗素广场角落里光线熹微的旧书店，满架都是亲密的名字，我对他们的生命之熟悉，甚于对我自己。诺丁山鲜亮的彩色房子尽头，还有比天气更阴郁寡言的书店主人，灰尘和通天书架，仰得人脖子酸疼却不忍移开目光。1931年9月加西亚·洛尔迦在家乡图书馆揭牌时的发言里说："书！书！说出这个魔力之词，就等于在说爱！爱！"不是如此吗？

当我一次又一次在书店的空间里与千百年前的美与伤口相遇，它们让我相信，这世界上存在比感情得失更广袤的东西，存在比个人生命更永恒的东西，值得去信仰和追求。

# 一则反乌托邦寓言

风从西边带来鲜血，
东边的土地满是灰烬，
北边全境
被干枯的铁丝网和尖叫声
阻断，
只有南边，
只有
南边，
给我们的眼睛辽阔与自由。

——安赫尔·冈萨雷斯《战场》

2018年盛夏时节，获得第20届阿尔法瓜拉小说大奖的作品《投降》面世，作为西班牙每年最重要的小说奖项之一的得主，这部作品不负众望一周之内就售罄加印。由塞万提斯文学奖得主、墨西哥作家爱莲娜·波妮亚托斯卡担任主席的评委会在授奖词中盛赞其为"一个关于权力和集体操纵卡夫卡式、奥威尔式的故事"、"一部光彩夺目的寓言"。有趣的是，本书作者投稿参选时使用的假名塞巴斯蒂安·贝隆在现实生活中是阿根廷足球名宿，而作家的真身直到夺得大奖之后才被识破：马德里作家拉伊·洛里加在西班牙当代文学和电影界都颇有名气，他的文学作品被翻译成14种语言，作为电影编剧曾与西班牙电影届最知名的导演阿莫多瓦和绍拉合作；近年他还亲自执导了两部由自己的小说改编的电影。一位知名作家使用绰号"巫师"的球员名字作为假名投稿这一花絮和小说本身的情节莫名相通，在基于现实又超越现实的设定里，洛里加在世界的边界上如施魔法建立了另一个维度的空间，秉承卡夫卡和奥威尔的衣钵，用一个看似虚构却充满隐喻的设定探讨社会与人的命题。

整本小说是一篇第一人称独白。故事有一个突兀的开始："我们的乐观毫无理由，没有任何迹象让我们觉得一切会好起来。一个吻，一次畅谈，一瓶好酒，我们的乐观就这样独自生长着，如同败坏的藤蔓，可是已经所剩无几了。"一个从头到尾没有名字的主人公和他的妻子正在一个同样没有出现过名字的国家经历战争。战争已持续10年，他们陷入围困许久，勉强靠存储的余粮度日。城市里每天都有人被抓走，自从街上的面包店老板被控以通敌罪抓走之后，全城的人就再没有吃到过面包。主人公的两个儿子都在战场上生死未卜，因此每日巡视的地方稽查官从来不曾质疑他们夫妇的"忠诚"，尽管他们的地下室里藏了一个来历不明的小男孩。一切通讯和新闻早已被切断，他们不知晓任何外面的世界，不知道战局发展，未来无从找寻，过去也已积满灰尘日渐不明。忽然有一天，紧急疏散转移的命令传来，战争就要输了，城里的人被要求连夜收拾最精简的行李转移至另一座指定的城市："我们被告知必须焚毁现在的房子，抛下一切，在新的城市我们会得到更好的保护。"据说转移的目的地是一座透明的城市，一块清洁封闭的空间，一切罪恶都无从遮掩因此不会发生，负责人告诉大家那里没有流亡，没有监狱，只有庇护所。第二天一清早，人们按要求焚毁房子，拖家带口地挤上大巴。作者在此处埋下伏笔单起一段写道：

　　天将破晓的时候，我们终于投降。

　　乍一看是开始转移之路意味着此城失守投降，却直到抵达新的城市之后的情节展开许久之后读者才会意识到，"投降"所指远过于此。《投降》中最大的隐喻背景正是主人公及其家人抵达的"玻璃之城"。名副其实的玻璃之城，因为所有的建筑都是特殊的透明材质建成，人们没有任何秘密或隐私可言，日常起居举手投足都曝光在所有人的视线之下，以至于"羞耻感"的概念都有了新的定义，令人感觉微妙的讽刺：一方面，街上的行人都穿着极为谨慎保守，另一方面，人们又能彼此看见在家中穿着内衣行走甚至赤裸地洗浴。"玻璃之城"要求居民每天洗三次澡，名曰"透明化进程"。很快，连同主人公在内的这些初来乍到的难民就和城市里的常驻民一样失去了自己的气味，真正的气味。原来这座新兴的理想城市里一切都没有气味，花没有香味，排泄物也没有臭味。建筑千篇一律，人亦千篇一律，失去了乃至最基础的可以互相区分的个性：体味——主人公的妻子和任何其他人闻起来变得毫无不同。书中对新近入城的人被要求排队进入浴室（同样是透明的）洗澡的描写令人从心底产生一种莫名的不适，许是因为纳粹毒气浴室的伤疤尚未愈合，奥斯维辛之后野蛮的不仅是如阿多诺所言的写诗，人性之间许多集体行为也都蒙上了令人生疑的惴惴不安。"玻璃之城"里每个人都被指定了一份工作，工作没有工钱，但是一切生活用品、食物、消耗品都由城市统一负责发放管理，家中的冰箱里常年备有食物，酒吧里啤酒无限量免费供应。没有电视、广播或者任何外在资讯来源，"玻璃之城"的确如前所言，是一块清洁封闭的空间。人们每天按照固定的流程起居工作，千篇一律的面孔（和气味）在千篇一律的高楼之间移动。每个人都是愉快的。一切欣欣向荣光明灿烂，甚至从来没有天黑，人们慢慢习惯在天光大亮里入睡。

主人公与妻子很快融入新生活，各自有适合各自阶层和文化水平的工作，他们的养子也进入小学读书，不停带回学校发放的奖状。他发现自己很久没有像曾经那样担忧或思念杳无音讯的两个儿子，仿佛所有忧虑都消失在脑后。直到某一天下班，他在酒吧里遇见曾经同城常来巡视的地方稽查官，两人酒过三巡聊得兴起，主人公问起一些深埋心底依旧的疑惑，得到的是恍然大白的真相。原来那场经年持久的战争早在一年前就以己方的失利告终，他们早已失败，而组织他们转移、在新城生活的所谓临时政府正是当年战争中的敌方。不仅如此，他们的祖国才是侵略他国、挑起那场战争的完全过错方，他为之骄傲的儿子们参与战斗的原来是一场不义的战争。地方稽查馆简略地向我们的主人公历数了他们的军队在战争中犯下的反人类罪恶：处决难民，驱逐异己，系统性地迫害吉普赛人，血腥地轰炸平民城镇，强暴，屠杀……

读到这里，令人很难不再次将所有这些与曾经在世界历史上发生过和正在发生的暴行相连，那是人类背负的共同的墓石。乌托邦的祥和幻想在那个酒吧长谈的深夜显现第一道裂缝，主人公在抵达新城之后第一次为生死未卜的两个儿子、也为那场战争失眠了。然而第二天，在工作中因为精神不济出了事故的主人公被带去指定的医生那里领了"帮助适应环境"的药丸，一口气睡了48个小时，再醒来时一切忧虑又消失了，他继续和所有人一样心满意足地生活着，体会不到任何或焦躁或痛苦或不安的情绪，失去了自己的历史、选择和思考："每一天没什么值得期待却也没什么需要害怕，我发现我开始想念那些并不那么好的情绪。每晚毫无隐忧地睡去让我觉得我像另一个人，一个我不能完全信任的人。"城市里不庆祝别的节日，只有圣诞和胜利日。然而胜利日实际上纪念的是所有城中人战败的日子，只是没有人还想得起经年的战乱与苦难，分辨得出正义与掠夺。他站在镜子前试图为失去的故乡、祖国的真相、离散的亲人哭泣却做不到，只能遗憾地看着镜子里出现一个荒谬地满足于自己命运的人，此时他才明白，这座没有黑夜的城市，永远光明永远透明的城市，已经成为他最可怕的噩梦。

睡着的人决定从梦中醒来。他意识到问题的根源很可能出在每日强制要求进行的三次"透明化进程"上，于是想尽办法逃脱洗浴，减少与水源的接触。效果是明显的，主人公开始慢慢重拾感知力，他意识到"这地方是个地狱，却没有人意识到这一点"。他走向城市的边缘去打探两个失踪儿子的消息，被守卫的士兵击中在地送进医院当成疯子。他感觉到身处的病房、他的家、整座城市、整个世界都令人窒息，乃至它全然透明的存在都令人愤怒。他不明白，"其他人怎么忍受得了？难道只要每天给你的盘子里放上食物就足够忍受所有这一切了吗？"医院的人都说他疯了，说他幻想了这一切，幻想了透明墙壁的压迫感，幻想了所有人失去气味的怪异同一。终于，他决定出逃。他要回去那个已被焚毁殆尽的家乡，至少它是真实且自由的。某一刻，出逃计划仿佛成功了，他几乎没经历什么阻挡就离开了"玻璃之城"，但是在流离失所之间，当初那个在战乱时被他和妻子好心收养、小心匿护的孩子出现在他面前，手里拿着枪。他知道，养子不是来与自己团聚的，他是来狩猎的。

　　——你是来带我回去的吗？

　　他摇头。

　　——你是来杀我的吗？

　　他点头。

　　——我的罪名具体是什么？

　　他没有说话。

　　——是因为，在你们建立的世界里已经没有其他像我这样的人了，对吗？

　　他点头。

值得玩味的是，这本名为《投降》的书在最初投稿参与阿尔法瓜拉小说奖评选时的标题是《胜利》。小说末尾主人公死前最后的独语这样写道："有一件事是确实的。关于我，他们胜了。人要知道什么时候自己的时代已经过去。要学会敬仰别的胜利。"那么，究竟是谁的投降？又是谁的胜利？如同上世纪给一代又一代不同国度的人带来沉思与警醒的"反乌托邦"三书，洛里加通过《投降》构建了一个封闭式的寓言，小说主人公最终在死前承认失败与投降的情节是这个寓言的最后一环，读者更会心惊于故事里胜利了的世界之可怖、珍视在故事里失败了的时代之可贵。整本小说的基调总令我想起电影《龙虾》里铺天盖地的冷灰色，同样的反乌托邦主题，同样的不为虚假的幸福表象蒙蔽、突出重围去寻找自我选择的主人公。相比奥威尔，拉伊笔下的透明城市更像赫胥黎的"新世界"，一个以人类的自我与思考为代价的快乐社会，它以自足的假象剥夺人之为人感知痛苦或愤怒的权利，所有强烈、珍贵的情绪都被麻痹为习而惯之的机械运转，仿佛每个人的嘴角都被安上自动向上拖拽的滑轮，始终自动保持微笑。然而，快乐并非一个社会可以从外向内强制给予居民的，恰恰相反，它是一个由内向外的过程，前提是每个个体在可以充分享受与生俱来的权利基础之上对生命全方位的体验；集体的幸福氛围更不像书中从不天黑的阳光那样从天而降笼罩所有人，而是聚沙成塔，由各不相同、充满个性的生命集合而成的。在与自己、与彼此、与生活和解之前，首先需要知道真相——生命的真相，历史的真相，人的真相。如西班牙战后诗人何塞·安赫尔·巴伦特在诗中所写：

快乐很难；
首先我们需要
真相。

# 同时发生

他是2013年西班牙国家文学奖的得主。他是巴塞罗那显赫的文学家族"戈伊蒂索罗三兄弟"中最小的一个——两个哥哥都是"世纪中一代"的核心作家，其中一位更是荣膺过西语文学界的最高奖塞万提斯文学奖。他出生于保守的中产阶级家庭，却积极投身各类进步运动，曾因反抗独裁被捕，在狱中的几周里，他酝酿出了后来历时10年完成的代表作。对他而言，写作不是受苦，而是自我娱乐的方式，"我喜欢，所以才写"。

2017年新年伊始，西班牙小说家路易斯·戈伊蒂索罗的新书《同时发生》问世，采用纯碎片化的写法刻画了同时发生在一座现代城市各个角落不同阶层的人物群像。作家的语调一如既往的幽默而略带讽刺，现代人特有的荒诞就此展开，而在荒诞的背后，细品之下，我们能读出作家对高速发展又日渐异化的现代社会的种种思考。譬如这位高级厨师的自述：

> 要在一个不知名的小村庄起家，通过口口相传慢慢就
> 会有城市里的人慕名而来，渐渐地，食客需要排队了，这

时候就可以一跃进军城市开店，然后发展壮大。但是要发展得聪明，不要急于拓宽店面，而是要保持店面永远挤满人。厨房要像军营，服务要像军事训练。一定要有招牌菜，电视上反复提到的那种，名字和材料越奇怪越好，这样人们的猎奇心理也会促使他们冒险尝试，然后成为他们的谈资。

乍看之下，这本书完全没有连贯的情节线索，63个并不相连的章节以阿拉伯数字编号，每章都以第一人称和第三人称交错讲述某一个人生活中的片段，时而对话时而独白，揭开城市中穿梭来去的不同个体的癖好、思考，童年记忆甚至隐私或秘密。然而，多读几章之后读者会隐约感觉到这些主人公之间的交集和联系，某一章的主人公是另一章的自述者的父亲，或者某一章中遗失在出租车上的手机被另一章里的少年捡到，这些线索被小说家精心藏在文字背后，有心的读者可以衍生出一个更为复杂的图景，如同我们每天生活的世界：无需几次周折，任何人可以与任何人相遇。

一

我知道人们喜欢的是什么，人们喜欢光辉的榜样，白手起家，经历千辛万苦，种种磨难困境，最后建立一个商业帝国，写下怎样成就人生辉煌的指导手册。但是这些都与我无关。我生来就富有。我父亲继承了我爷爷创建的工业王国，发展得很快。后来我觉得他们的产业没有前途，就卖掉了他们的，另开了一个。我父亲很守旧，但他是个体谅的人，虽然他完全不懂，却从来没有为我添障碍，现在他是个幸福的老人家，依旧享受着属于他那个时代的生活方式：习俗，衣着，饮食，夏日的度假，我只要负责他在所有时候都得到需要的照顾。

书中出现了好几对两代人之间的故事片段，几乎无一例外父亲与儿子、母亲与女儿都取了同样的名字，仿佛作家特意以此强调他们的血缘关联，从而让与之形成鲜明对比的隔阂显得更加突兀。某个片段，父亲是量体裁衣的定制服装店老板，儿子不顾父亲反对创建一个快销服装品牌，坚信与其卖一件成衣得到100欧利润不如每件衣服1欧利润但是卖100件。父亲依旧每天穿着西装打着领结接待顾客亲手裁衣，儿子已经将生产工厂开到了第三世界国家，盘算着等父亲去世就卖掉父亲的老店，开一家网上商店，进一步降低成本实现利益最大化。另一个片段，父亲遗憾地回忆起孩子小的时候全家人度假的地方是乡下的小屋，等到自己的一双儿女长大有了自己的事业，却选择去海边昂贵的旅游区买了别墅。等到这位父亲偶尔想带着子女和孙辈回到乡下小屋的时候，大家已经不知道该在那里做些什么了，他的女儿说："我总觉得那个乡下小屋就像那种古老的挂钟，敲整点的时候会有小鸟开门出来。"时代发展前所未有的迅捷，让两代人之间互不理解的鸿沟恐怕比此前任何时代的"两代人"都更难以逾越。

现代化、智能化带来的副作用之一是作为个体的人比任何时候都更加孤独，书中还有另一种类似跨代的冲突引人深思。科技的进步和发展来源于人类的知识发展，它们是人类智慧的产物，然而人类是否对这些自己的"子女"也抱有某种隐隐的恐惧呢？

机械化和自动化让工作岗位锐减，想想将来的劳动力市场，无论是手工业还是坐办公室或者商业都主要是机器人的天下，企业家只需少量的几个助手就可以从电脑甚至手机上掌控全局，到时候的问题就是要怎么处理大量的失业，而问题中的问题是生产力没有变化的情况下，如何让这么多没有工作的人还保持正常水平的消费力，好让供求平衡，让生意还能做下去。中世纪可没有这个问题。

最后的总结陈词，在片段结尾主人公说："对我来说，从小我就觉得中世纪是我的完美时代。"

二

地铁站里的问题并不在于如何走到站台，因为所有人都快步下阶梯，整个流程异常顺畅。在站台上，我会把挤满人的车厢放过去，一般如果有稍微松一点的，一定是最后一节车厢。最令我疲倦的是出口处向上的自动扶梯，人挤人，搞不好还得忍受某个闷屁。这时候我总是宁愿爬楼梯，这是最快捷的方法，爬楼的时候能感觉到扶梯上那些步履沉重的乘客嫉妒的目光。相比之下我更喜欢公交车，虽然更花时间。不过前提是要有位置坐，不然频繁的刹车比地铁更糟。

有人裹着宽大深色的大衣，厚厚的浅色围巾，显得体积硕大。也有人紧身牛仔包裹出完美的臀部腿部线条，踩着高跟鞋，显得十分颀长。成熟女人自带气场，年轻人的耳洞鼻环妆面则大相径庭。各色人等中间，还有那些像你一样的公司职员，松松领带，白衬衫敞开领口，焦急地在地铁甬道里穿梭，互相说着话。无论天气多冷都穿着薄西装，拎着手提电脑——要知道，对他们而言光有手机可是不够的。

小说中数篇以刻画城市交通或地铁群像为核心的小片段：堵车时的焦躁，司机间的摩擦，自动扶梯上模糊的面庞，公交车一个急刹车后的咒骂……读来如此亲切熟悉。当我们打开一张现代城市的地图，最先映入眼帘的往往是它四通八达的道路网，仿佛无限延伸的神经触须，城市里的建筑都抽象成符号，车辆和行人在巨型大脑里依序行进。而地铁图上各色线条或横平竖直，或绕成一个圈，整个城市变成生产车间，每条生产线上的传送带把人送往不同的目的地。周而复始，周而复始。

这样在世界许多角落的大城市都可应验的"交通生活"，早已被我们自然而然地接受为现代生活的一部分，我们的生活和经历可以如此轻易地浓缩成地铁图上两点之间的通勤。人生许多重要时刻的记忆好像都在两个地铁站之间摇晃的车厢里发生和结束。当记忆渐渐褪为背景，地点与地点之间的交通却留在原地。就像西班牙诗人吉尔·德·别得马回忆年轻时代一个夏天的爱情时，结尾于巴黎地铁6号线的起止站之间：

> 像很久以前做过的梦，
>
> 像当时那首歌，
>
> 一瞬间，激烈地，
>
> 我们的爱的故事
>
> 这样回到心里，
>
> 混同当时的日日夜夜，
>
> 那些快乐的时刻，
>
> 那些指责
>
> 还有，从"星星"到"民族"的
>
> 地铁车厢里
>
> 去往床上的那趟旅程。

三

——现在一个地理专业学生有什么用？还有历史专业？需要的时候网上什么都能查到，随时随地。大家都想知道我们的过去发生了什么，但是想要达到这个目的，完全没必要浪费一年又一年的时间去学啊，一部好电影或者一部电视剧让大家兴致勃勃地看完就行了。这也是历史啊，而且是可视化的，吸引人的，尤其是如果特效过硬的话。

　　——那哲学呢？以前那可是大学里一整个专业啊，叫文学哲学系。

　　——这个嘛，哲学里也有吸引人的地方。比如说那个古希腊哲学家，我想不起来名字了，叫苏格拉底啊还是什么，据说他总是赤身裸体，住在一个木桶里，每天晚上提着盏油灯在城市里晃荡，寻找一个男人。我听说是这样。你看这完全是个电影剧本啊！


　　哲学、历史、文学这样曾经以人类文明灯塔的身份成为理想国度建立基础的学科如今在很多时候沦为了一种茶余饭后的娱乐或谈资，实在不能不令人心痛。诚然，媒体传播方式的多元化让严肃学科的知识普及面变得更广，无论是历史题材的电影电视剧，还是一些网站快餐式的知识速递，都可以让人在短时间内知道某个时代的轶事、某个哲学家思想的要点、某本小说的梗概……这些途径从某种程度上确实让很多人原本听则敬而远之的"高深学科"变得平易近人，对重新点燃人们对人文学科的兴趣多有裨益，然而如果只是停留汲取在被编剧及"答主"筛选过的信息或噱头，或者因此觉得文史哲的奥秘不过如此，那就失去了研习这些学科所能培养的最重要的品质：独立思考的能力。

　　哲学之浩渺，虽百家争鸣各成学派，如能成大家必有不断质疑自我质疑世界的心，它不是几句话可以总结、几分钟可以看懂的学问，而是一种看待自身与世界的全新目光。历史之长河，若能为鉴，更是无法简化为粗暴的因果关系，多少偶然与必然胶合，多少大厦毁于蚁穴，多少成王败寇于瞬息，除了影视剧里的悲欢离合，更有细读之下才显出纸面的悲悯怀人之心。文学之大美——说到文学我总有一种"近乡情怯"的踟蹰——不只在于诗词歌赋的曲音邈邈，也不仅仅是写作技艺的炫酷或者突破天际的故事情节，它是作家在自己智识的废墟上建起的沙塔，堆建的时候，他不知道这座沙塔能屹立多久，但他还是在上面用力地描绘出一张张面孔。如果它们得以幸存，我们定睛凝视的时候，会看见如奥登所言："生活中随处可见的男男女女，他们顶着现代社会所有非人的压力，试图获得并保持他们自己的脸孔。"最后的最后，或许我们亦会看见我们熟悉而陌生的自己，茫茫人海里的一张脸，就像我读完戈伊蒂索罗这本城市荒诞奇谈录之后看见的那样。

# 岛屿的秘密

间谍小说大师勒·卡雷在他的小说《完美间谍》扉页上引用过一句谚语："一个拥有两个女人的男人迷失灵魂。一个拥有两处房子的男人迷失头脑。"西班牙作家哈维尔·马里亚斯在马德里有两处房子，同一条街比邻的两处房子拥有同样的家具、设计、布局，唯一的区别是一间房子里所有的家具都是黑色的，另一间所有家具都是白色的。不过，他没有迷失头脑，而是在摆着偶像希区柯克照片的书房里用770天时间创作了一本小说，讲述一个拥有两种人生的间谍和他的妻子的故事。

2017年9月5日，近年来诺贝尔文学奖赔率榜前10名中唯一的西班牙作家哈维尔·马里亚斯出版了他"牛津系列"小说的新作《贝尔塔·伊斯拉》。这个跨度30年的故事延续了他的代表作《如此苍白的心》"秘密之书、等待之书"的主题。作家本人的阅读趣味与学养在纸面下涌动。语文学家的父亲因反抗佛朗哥独裁而被迫举家流亡，马里亚斯在美国度过少年时代，成年后又是西班牙首屈一指的英语文学译者，并曾在牛津大学任教。他几乎"双语母语"的背景与书中的男主人公托马斯多有相似，对艾略特、狄更斯等英语文学名家的引用更是信手拈来恰到好处。以女主人公名字作为书名继承了《大卫·科波菲尔》等英语小说的起名传统，而"伊斯拉"在西语中恰好是"岛屿"的意思——马里亚斯表示选用这个姓氏是因为它不太常见（他特意查询过黄页，全马德里约有50人使用它）又别有寓意。贝尔塔是一座兀自守望的岛屿，而我们每个人，又何尝不是一座岛屿。

一

很久以来，她都不确定她的丈夫是她的丈夫。有时候她觉得是，有时候她觉得不是，有时候，她决定什么都不想，继续与他——或者某个像他的男人、某个比他更老的男人——生活下去。在他缺席的这些年里，她也变老了。结婚的时候，她还很年轻。

他们是童年玩伴，少年恋人，大学时分隔两国，直到托马斯从牛津毕业归来入职英国驻西班牙大使馆，贝尔塔·伊斯拉发现有一部分的他变得陌生了，却又说不出哪里奇怪。他有许多因为工作纪律而无法回答的问题，工作压力异常巨大，长期失眠警觉不安。不过，他们还是结婚了。贝尔塔自述那仿佛是要完成一场旧日的坚持，童年少年时代认准的想法很难改变，虽然境遇变了，情感更可能变化，想要正视和承认这种变化却很艰难。哪怕那个决定是个错误，当时的贝尔塔依旧觉得"要把这个错误犯到底才能验证真的错了"。

婚后，一年中托马斯大约有一半的时间在外出差，贝尔塔的婚姻是共同生活与分离等待之间一场周而复始的往复。然而每次丈夫回来，除了不能如实回答她的疑惑如同有难言苦衷，其余一切生活细节又让贝尔塔感觉到对方的爱一如既往。托马斯曾对她说："你是我仅有的自由选择。在其他方面我都觉得自己的运气已被划掉，是别人替我做的选择。你是我唯一的真实，是我唯一知道确实是自己想要的。"

一次偶然的机会，她知道了丈夫工作的真正属性，托马斯面对她的质询只是将是否还能继续在一起的决定权交给了她。贝尔塔无法理解年少即相识的爱人为何必须过这样的人生，但她接受了丈夫的有所隐瞒，接受了他必须有不能为自己所知的一部分。如狄更斯所写，每一颗跳动的心对另一颗心而言都是一个秘密。

然而即使这样的生活也并没有维持始终。一夜之间，托马斯变成了她消失的爱人，她最后的记忆是在马德里巴拉哈斯机场送他登上前往福克兰群岛的飞机。官方说法：因公殉职。对贝尔塔而言，她总觉得自己只是卡在等待的漩涡里，日复一日，独自抚养着他们的两个孩子，等待爱人出完长差，在他缺席的这些年里，渐渐变老。

二

现在的时间和过去的时间
也许都存在于未来的时间，
而未来的时间又包容于过去的时间。

假若全部时间永远存在
全部时间就再也都无法挽回。
过去可能存在的是一种抽象
只是在一个猜测的世界中,
保持着一种恒久的可能性。
过去可能存在和已经存在的
都指向一个始终存在的终点。

托马斯·涅维森,一半英国一半西班牙血统,自幼在马德里长大,与贝尔塔是中学同学。在牛津大学念书的最后一年,英语、西语皆为母语的托马斯因其天生出众的语言能力已经熟练掌握了俄语和多门东欧国家语言。曾在英国军情六处工作过的教授(即在马里亚斯此前的小说中出现过的维勒教授)找到托马斯邀请他加入情报机构,发挥特长,成为一名间谍。对于老师的这个设想,托马斯并无兴趣,表示他对自己的人生设想颇为平静安宁,只期待着回到马德里与年少时的恋人开始新生活:"谢谢您的信任,但是我的人生在西班牙。我在那里出生,想象中我的人生一直在那里。"对此,教授只是回答道:"任何人的人生都可以在任何地方;任何他去的地方,任何落到他头上的地方。"彼时,托马斯还不知道自己的人生即将落入一张巨大的、无法挣脱的网。

第二天一位警官在托马斯上课时找到他,告知他前晚牛津发生了一起凶杀案,而现场的一切证据都指向他是第一嫌疑人。慌了神的托马斯向教授求助,军情六处愿意出面替他洗清嫌疑,但交换条件是他要为他们担任间谍工作。由此，双面的一生开始了。在西班牙时，一切都是正常的，托马斯拥有自己真正的人生，而当他被派往国外执行任务的时候，他的人生完全是虚构的。教授确实没有看错人，语言天赋和过人的机敏让托马斯鲜少失败。几年后，因任务需要他被宣布死亡，在英国乡下改名换姓做一位老师，隐姓埋名12年。直到任务结束，他才因一次意外发现自己过去20年的人生都源自一个刻意栽培的谎言：那起凶杀案从未发生，所谓的"受害者"早在别的城市安家生子，一切都只是一个哄他入瓮的骗局。

托马斯的世界动摇了。他找到当时收编自己入职的军情六处联系人质问为何要设下圈套剥夺他本可以有的人生：

20多年来我都要违背意愿地对我妻子撒谎。12年来她和孩子们都以为我死了。我不认识我的孩子。我连父母的葬礼都没能参加。你们把我拒绝过的人生强加在我身上，你们让我没法选择我自己的人生。

对方却完全不为托马斯的怒火所动，只是淡淡地回答：

从什么时候起人类可以选择自己的生命了？千百年来，人的存在与生命都是被写好的，很少有例外。你所经历的很正常，并不是什么悲剧。大多数人从生到死都并没有离开同一个地方。有多少人真的成功地选择了自己的人生？大多数人都学会不问问题，感激落到自己身上的这一种生命，处理每天每日的困难和阻碍，这就已经足够。没有选择并不是一种侮辱，这是常态，是世界上大部分人的生活。你以为我选择了我的人生吗？哪怕是女王，她选择了她的人生吗？她尤其没有选择。你说的有选择的人你在说谁？那时候我用枪顶着你让你加入我们了吗？那也是你的选择。

这看似无情的回应细想之下却是真相。让我们回到维勒教授最初试图劝服托马斯接受成为间谍的邀约时曾经发出的感叹：

　　如果说人类有什么共通的特点，那就是这个宇宙影响着我们所有人，我们无法以哪怕最微小的方式影响这个宇宙。尽管我们都是组成它的一部分，尽管我们都身处其中，尽管我们一生都在努力想要改变宇宙中的某个小细节，事实却是我们都是这个宇宙的边缘人。我们的出生死亡，我们的存在，我们完全偶然的出现和不可避免的消亡，任何发生的事，任何犯下或被阻止的罪行，其实都不会改变这个宇宙任何。从整体而言，没有柏拉图，没有莎士比亚，没有牛顿，没有发现美洲，没有法国大革命，它也会是一样的。可能不能这些都同时没有，但是缺少任何一个人或事件，并不会改变什么。所以我们并不可能想念从未发生过的事，我向你保证12世纪的欧洲人绝不会想念新大陆，也不会觉得如果不存在新大陆会是一种损失。

即便是青梅竹马、年少相恋，也不能确保身边人不是一个秘密。这是两个人的一生，却也是某种更庞大、更缥缈的不确定性的缩影。故事之上，马里亚斯用绵长细腻的语调搭建一个并不切实的世界。来自托·斯·艾略特《四个四重奏》的诗句贯穿小说始终绝非偶然，爱情与间谍的主题之外，对个体人生、线性时间与浩渺宇宙的思考才是马里亚斯新书的精髓。人真的可以选择自己的人生吗？在每一个时间的节点当下，难道我们不都是漂浮在太空中的孤独宇航员，被某种看不见的神秘力量环绕推搡？采访中马里亚斯的总结是：

出生这个事实本身就把我们暴露在外。仅仅是存在于世就会有人看见我们，定义我们，根据我们拥有的天赋或引发的兴趣对我们提出要求，或者使用我们。人活于世本身就是一种危险，发生在托马斯身上的事就是这样：从年轻时开始，他的全部人生就取决于别人在他身上看见的东西。

三

我就在这里，在旅程的中途，已经有20年
……
家是我们出发的地方。随着我们年岁渐老
世界变为陌路人，死与生的模式更为复杂。
那已与我们隔绝——没有以前也没有以后的，

不是那感情强烈的瞬间，而是每瞬间都在燃烧的一生，

不仅是一个人的一生，而且也是

那些如今无法辨认的古老石碑的一生。

家是托马斯出发的岛，也是他最终回归的地方。他无法辨认的一生在小说的最后一部分找到落点，与军情六处对峙之后，得到退休允许的他回到马德里，如同一个消失12年的鬼魂站在贝尔塔面前：

——您是谁？您找谁？现在还很早。

——一点也不早，贝尔塔。你不认识我了，对吗？这不奇怪，我几乎都不认识我自己了。我是托马斯。一点也不早。一定是已经太晚了。

他开始重新弥补失去的时光，重新认识自己的孩子，赢得他们的信任。作为离开组织的条件，他依旧不能向妻子透露消失这12年的细节，他说过的最明确的话也只是：

尽管过去那么多年里我找过不少人的麻烦，那都是工作的范畴，我想现在我可以平静地生活。境况已变，敌人已经不是敌人，时光流逝，那些人有的退休了，有的藏了起来，有的老了累了；有的死了，几乎所有的都被遗忘了。

贝尔塔觉得，过去仿佛已隔断在外，没有那么要紧了。小说的终结点停在托马斯回归一年半之后的春天。一个清冷的周日，贝尔塔回到家，看见托马斯坐在沙发上，日暮时分，仿佛中间的时光都不曾存在。她想：我们每个人都有自己悲伤的秘密。

在艾略特眼中，历史是无始无终的瞬间的一种模式，所以，当一个冬天的下午，天色渐渐暗淡的时候，在一座僻静的教堂里，"历史就是现在和英格兰"。那么，对于我们的两位主人公而言，他们的人生无始无终的交叉点最终落于现在和马德里。不只是超脱的姿态，更是了然的平静。

> 一切终将安然无恙，而且
> 时间万物也终将安然无恙。

# 老手的天真

> 我们本不该悲哀
> 我们与无穷尽的可能和不可能擦肩
> 却只能看见被框架的，听见正消弱的
> 偶尔，梦见那不可触摸的
>
> ——倪湛舸《圣像与偶像》

列维·斯特劳斯曾在《忧郁的热带》里描述自己以"生手的天真"每天站在空荡的甲板上兴奋地望着从未见过如此宽广的地平线，就这样他与他的世界仿佛一个人与一只猫互相注目。仲秋时节读到智利作家罗贝托·波拉尼奥的诗集《未知大学》，总感觉纸面另一端的人也与世界有这样孤注一掷的对视，但并非生手而是俨然老手的天真：历经动荡失败，青春的激情与愤怒，看着自己的人生成为一系列丧失的机会，却以诗歌作为黑匣子，承载生命这场空难的秘密，让"整个拉丁美洲都播撒着被遗忘的青春骸骨"。他所属的诗歌风潮名为"下现实主义"，与"超现实主义"相对，现实之下，亦在现实之外，不是飘渺在上的，而是在下面，更下面，让人想起皮扎尼克自杀前留在书房黑板上的最后一首诗中所写："要一直走到底部"。底部有直白的愤怒，狂热的炽烈，也有坦言的失望和隐匿的希冀，他连生命的终结都早有意识，确诊罹患重病的那一刻决意此后仅为写作而活，如同航空事故中的"可控飞行撞地"，波拉尼奥用诗句完成了一场有意识的意外。

在给儿子的两首诗《要读以前的诗人》和《书房》中，病中的波拉尼奥将自己的骨血与自己的藏书互相托付，因为这些荒唐而英勇的字句是诗人的祭品。他交代儿子：

> 你要读以前的诗人
> 珍惜他们的书
> 这是你父亲能给的
> 少许忠告之一

他又命令书房里"亲爱的小小书们"：

> 你们要抵抗
> 击穿岁月就像中世纪的骑士
> 并要照顾我的儿子
> 在将来的岁月

这是一位父亲对儿子的挂念，亦是一位写作者与书的牵绊。如他自己在附言中所写：

估计再见不到儿子而绝望的时候，除了书还能把他托付给谁呢？就这么简单：一个诗人请求那些他爱过的也曾让他不安的书，在将来的日子里保护他儿子。在另一首诗里，诗人反过来，请儿子在将来照顾这些书。就是让他去读。互相保护。就像某个常胜帮派的信条。

而这个"常胜帮派"，从一开始波拉尼奥就知道它注定失败，每天与他一同起居写作的是一生中那些后悔的事，"因为我的悔恨会写作"，他这样说。明知道"一千年后不会留下／这个世纪写下的任何作品"，惊奇也好漠然也罢，那双缓慢的绿眼睛都会不复存在。即便如此，仍然在失败之中相信诗歌，相信艺术，相信它虽无法拯救生命却可以击穿岁月。不在乎能不能写完自己的诗，甚至觉得自己会忘记写过的诗，不过还是要写下来，像不确信有人听见也要念出的祷文。恐怕爱将不会到来，"那时"的种种"实际上我现在想不起太多"，没有遇见，自然听不到"她可能会也可能不会说的话"，不过没关系，爱情也是可以错过的东西，因为美将要到来。知道将要到来的甜蜜日子已不会看见，但是诗歌或许会替已逝诗人的影子辩护，只是"或许"……阅读他的诗是一场跟随他抑扬的旅途，不住感叹怎么会有人这样坦然又这样愤怒，这样沮丧又这样勇敢。

在《"乔·霍尔曼德"》一诗中，波拉尼奥十分耐烦地列举、列举、再列举过往的作家，仿佛念出他们的名字本身就是一场招魂仪式。而我跟着念叨那些熟悉的字眼："鲁文·达里奥，路易斯·塞尔努达，杰克·伦敦，R. L. 斯蒂文森……"回忆起第一次看见达里奥那只不会飞的蓝鸟，第一次遭遇塞尔努达被囚禁的自由，还有儿时听过的狼嚎，画过的寻宝探险图。念完名字以后，诗人说：

这叫什么？我问道。
大洋。
一所悠长缓慢的大学。

那么，我该怎样感恩这所大学，感恩这"悠长缓慢"的教育？和他相比，我的名字列表里还要加上波拉尼奥。阅读《未知大学》像在拨动自己脑海里的火炭，连接起别的时刻的阅读、观影、看展乃至生命体验。读他被问烦了觉得自己是墨西哥诗人还是智利诗人的时候抛下一句"诗写成的地方，都是祖国"，想起塞尔努达说，他的西班牙只存在于伸手从书架上取下《堂吉诃德》的动作里，那是用墨水写成的祖国。读他为游吟诗人发愿"愿你的词语忠实于你"，想起多少次面对翻译对象的诗行心中呼祈"愿有一日终得你字句"，他知道词语总会背叛诗人的舌头，我知道译者何曾真能得到那等眷顾，只是转念一想又何妨。读他写那没由来的幸福，"不管我对你说了什么"，像石川啄木描述过的场景，"没有什么事似的说着话，你也没有什么事似的听了吧，就只是这点事情"。读他写"当我相信一切都失落时我指望你的眼睛。/当心软的失败向我们证明继续斗争的/徒劳，我指望你的眼睛"，想起多年以前大学毕业的夏天反复背诵巴列霍的"相信眼睛，相信你，只相信你"像是要给自己下咒。读他写"无记忆的美好时刻"就是"躺在床上，幸福，外面正下雨"，滴滴点点回忆从他的诗句里站起来。

春天的时候我去了巴黎的罗丹博物馆，在属于另一位雕塑家作品的展厅里流连数个小时无法离开，这位雕塑家被埋没在"罗丹的情人"名下几十年，她对我而言，始终只是卡蜜尔，卡蜜尔·克洛岱尔。读到波拉尼奥那首《法国女人》的时候，我仿佛又回到那间展厅，我仿佛被钉在地板上注视着她悲伤的眼眸：

> 怀念没有活过的时日
>
> 当那条显赫的河拖走垂死的太阳
>
> 在她脸颊上滚动看似无谓的泪水
>
> 一次不会持久的爱
>
> 但最后变得无法遗忘
>
> 她说
>
> 坐在窗边
>
> 她的脸在时间中悬停
>
> 她的嘴唇：雕像的嘴唇

卡蜜尔被关在疯人院里 30 年，直到死在、埋在里面，神志始终是清醒的。她告诉医生：

> 我在这里是因为我是一个女人，因为我想要自由，因为我爱过，因为我不想只做一个玩偶，因为我想掌握我自己的生命。

30年里，最大的痛苦莫过于再无法触到凿刀和石料，只能在有限的"放风"时间里把园子里的淤泥捡来藏在衣服里，一遍一遍捏塑它，仿佛多年以前那个在大雨里冲去花园里收集泥巴的小姑娘。一切快走到终结的时候，有一天她突然精神焕发，快乐得几乎可以传染所有人，她说：

现在，已经没有什么能伤到我了。因为昨晚我梦见我在巴黎，我又可以雕刻大理石了，一切都重新开始了，从最最开始。

夏天的时候，我在两个多月持续晴天暴晒的马德里反复读莎士比亚的戏剧绝唱《暴风雨》和奥登的同题长诗《海与镜》。用艺术作品探讨艺术之局限性，这种尝试自身的荒谬也是艺术家对艺术从笃信到失信的过程。原剧中普洛斯彼罗教会卡列班语言的时刻也就给了他愤怒和诅咒的工具；当语言艺术诱惑的殿堂敞开，无论什么样的象征或隐喻都填不满雄狮的大口。而奥登的"续写"中，普洛斯彼罗控诉代表"诗之灵感"的爱丽儿对他的侵袭：

你的绝技都是一场考验吗？如果是，我希望下一次你遇见
一个你找不到弱点
不能通过这个弱点用你的魅惑腐蚀的人。
我的——你找到了，我——你腐蚀了。

其实，我们像奥登一样，心底里知道"诗无济于事"。莎翁原剧终幕风平浪静，普洛斯彼罗登船远归，告别一切。因为这是莎士比亚最后一部戏剧，这一幕也被视为伟大的剧作家借此演绎他对文学志业的告别。奥登长诗里经过暴烈的独白与质询，风雨将息，普洛斯彼罗放弃魔法与灵感，"余下的都是静默"。可在波拉尼奥写那首关于《暴风雨》的诗《半生不熟》中，直到诗的末尾，"该死的岛"上依旧肆虐着暴风雨，他的荒岛诗人（还是侦探？）留了下来，有人翻动木炭的时候，还是要"深深吸气"，如同他那首代表作《浪漫主义狗》最后宣告的那样：

> 但那时候成长可能是一桩罪行。
> 我在这儿，我说，和浪漫主义狗一起
> 我要留在这儿。

莎翁原剧中的揭示、顿悟、绝望、悲凉都因"一场下不完的雨"而起，在这场雨里波拉尼奥的爱丽儿和卡利班像在镜子内外"面对面蹲着"，他们"撑起西方墙垣的孤独"。就算罪行从未发生，一切都像诗人大脑中火炭被翻动的时候漏出的几星火花，然而疯了也没关系，躁郁症也有人牵着手走。在已知失败的前提下，用真诗歌展现诗歌的失败，用表达对抗表达之不可能，诗人至死，因为：

> 唯有狂热和诗歌能诱发幻景。
> 唯有爱和记忆。

直到最后我的灵魂遇见我的心。

它病了，没错，但还活着。


　　秋天的时候我看了大卫·洛维执导的新片《鬼魅浮生》，一只鬼魂的故事。小圆角复古画幅，静物画一般台词少到没有存在感。一个又一个绵长的镜头如同布好节奏的幻灯片，又好像是，一首长长短短分行的诗。披着床单等待的鬼魂C模糊了时间的维度，仿佛永恒的周期旋转，逃脱了只能闷头向前没有回路的人类时间，从未来又能转回过去，在墙缝里挖出昨日的字条。影片最后，披着床单的鬼魂经历漫长等待终于打开恋人留下的字条，在那一瞬间消失，我们无从知晓字条的内容。导演后来在采访中提及，某场放映后的交流活动中，一位观众向他提出片中曾经在对面房子的窗口和C打招呼的另一只鬼魂是否其实就是他的恋人，他不知道自己的恋人也已死去，而对面的鬼魂也不记得自己要等的人是谁了，整部电影是一场没有尽头的等待。

　　大概是差不多同一段时间，我读到波拉尼奥的《"奇怪的免费职业"》：


　　　　就像有人住在缓慢里

　　　　我们人人拥有的鬼魂　不过是

　　　　在废墟上等待某物或某人


　　电影里那两只在各自房子（抑或生命）的废墟上等待的鬼魂跟随这几行诗浮现在眼前，是不是每个人都在等些什么呢？

有的知道在等什么，有的不知道，只是模糊地觉得这废墟上总该有点什么可以等待吧。不一定是失去的东西，也可能是从未得到甚至从来不知其存在的某物或某人。波拉尼奥，我们的诗人，在被按下快进键的生命现场，"只想恢复日常写作的闲暇，那一行行的文字能够在我的身体已经支撑不住时，揪住我的头发，将我拽起来"。沧海桑田，缓慢又无可挽回的变迁里，他知道诗人曾经看见的"女人的脚印"也好"孩子的片断"也罢，都会"彻底不复存在"，甚至惊奇与漠然也都不会存留，"每一个词都是无用的"，可是他"相信无用的举动"。人人拥有的鬼魂还继续着废墟上的等待，所以他写书给这些"幽灵，他们是唯一有时间的人，因为他们置身于时间之外"。也许，就像电影里的鬼魂C，他们最终得到的慰藉和解脱正是来自读到一行文字的瞬间。

这个冬天到来的时候，我应该已经带着《未知大学》回到马德里，在我已知的大学里继续和论文仿佛总也无尽的缠斗，恐怕真切地需要波拉尼奥诗歌里这种且丧且勇的关怀，希望"焦虑消失／我正全力以赴"，期盼"在能开口的时候我说写点好玩的／有人爱看的东西"，想要"抓住某个简单又真实的东西……就像想念某个人"，笃信"一只猫／睡在你手臂间／有时候你能无限幸福"。他是迷失的侦探，始终不定，始终没有安全，冒险永无止尽，但我仍想跟在后面，听他讲那个斗牛士的笑话："他走进沙场，却没有牛，没有沙子，什么都没有。"——如此熟悉的恐惧与荒诞，老练又天真，因为"诗歌，比任何人都勇敢"。

写作之（无）意义

# 反方向跳舞的人

叶芝曾在一首题为《选择》的诗中写道:

> 人的理智被迫去选择
> 生活的完美或作品的完美

然而,人类历史的漫漫长河中,总有一些天才的创造者决定以上两个选择都不是他们对"艺术与生命"这个古老命题的答案。在同时代的社会眼中他们是丧失理智的人,旁观者有时更为简单粗暴地喊他们"疯子",然而在理性与非理性之间的紧张力千百年来始终存在:疯狂与艺术,失去理智与获得灵感……如果说,疯狂的病症可能剥夺语言和记忆,让人难以集中注意力思考或逻辑清晰地表达所思,为何疯狂的谱系里却不断诞生出最伟大的艺术家?

2019年初,由白轻担纲主编的《疯狂的谱系:从荷尔德林、尼采、梵·高到阿尔托》出版,采用经典读本汇编的形式,依照福柯在《古典时代疯狂史》中罗列的冒险者名单——"在荷尔德林之后,奈瓦尔、尼采、梵·高、雷蒙·鲁塞尔、阿尔托都进行了这项冒险尝试，直到以悲剧收场，也就是说，直到非理性体验在疯狂的弃绝之中遭到异化为止"——翻译集合了关于天才疯人艺术家的一系列评论文章，展开对疯癫作为文化现象的探讨。这张冒险者名单上的六位疯狂者中，最小字辈的是法国诗人和剧作家安托南·阿尔托，《疯狂的谱系》中收录了他为奈瓦尔和梵·高撰写的长文，而他本人又成为该书最后一辑四篇文章的写作对象。或许可以说，疯狂这一特殊的谱系正是成形于每位疯人艺术家在前辈疯人身上认出自己的瞬间。

时间回到1947年，阿尔托刚刚被朋友们"营救"出来，在那之前，他因为不正常的胡言和分裂人格症状在精神病院里度过了将近十年。那一年的1月24日，"文森特·梵·高"特展在巴黎橘园美术馆开展。2月2日，阿尔托第一次站到了旋转的星空、滚动的麦地和绿色的木椅面前。回到家后，他陷入难以自抑的激动状态，无法安坐。陪他一同去看展的朋友皮埃尔·罗埃布说："你为什么不写点什么呢？"阿尔托立刻爬上二楼，在桌前坐下，快速而紧张地在一本学生笔记本上写了起来，一连写了两个下午，几乎没做任何修改。《梵·高，被社会自杀的人》一文由此诞生。

在阿尔托眼中，"梵·高会是所有画家中最名副其实的画家"，因为"唯独他不曾渴望超越绘画"，只把古怪的能量全集中在最本心、最耐心的东西上面，一心一意只考虑画笔和颜料，却由此解读了自然万物，毕竟，"现实远远高于一切历史、一切故事、一切神性、一切超现实。有一个懂得解释现实的天才就够了"。这是一种超越语言层面的共鸣。整个二月，阿尔托一次次重访橘园，在画框前流连，几乎要化进凸起的颜料块里了：

> 我，处于一个类似的情境，再也忍不住，频频地听到这样的话，而不杀人：阿尔托先生，您在胡言乱语。梵·高就听到了这样的话。这让杀死他的血的绳结拧住了他的喉咙。

写下这段话的时候，他或许又回想起1943年6月20日的清早，自己在罗德兹精神病院醒来，被告知不要吃早饭，因为"下午要接受治疗"。医生没有提前让他预知治疗的流程，并声称这是因为如果让病人"有准备地等着被电击，那将是残酷的"，而对采用电击疗法的理由，他的解释是：每次电击都可以造成人格分裂，由此人格得以重建。在那以后的每一天，阿尔托都感到害怕，预感到又一次酷刑的降临："你会感到窒息，仿佛堕入一个深渊，你的精神将一去不返。"此后，阿尔托接受了三个阶段、共28次电击治疗，主治医生在博士论文中写道：病人的行为有所改善，体重增加，不再使用名为"纳尔帕斯"的人格，开始使用"阿尔托"的本名签字。

人们说他疯了，阿尔托却在一篇关于另一个疯子的文章里发问：什么是真正的疯子？在他眼中，疯狂不是结果而是途径，谵妄是他们用以挣脱生活之绞绳与成规之枷锁的方式。创作晚期的阿尔托曾在诗中梦想通过"没有器官的身体"摆脱对于人的大脑和身体应该怎样运转的预先设定：

那么如果你想捆住我就捆吧，
但是没有什么比器官更无用了

等你为他做成一个没有器官的身体，
你就能把他从所有的条件反射中解救出来
还给真正的自由。
你就教会了他朝错误的方向跳舞
像在舞池的疯狂中
而这样的错误方向将是他真正的位置。

　　而在现代社会里，跳舞跳错方向的人，遭遇的不仅是舞池里的侧目，更大的惩罚是直接的漠视与隔绝。从荷尔德林、奈瓦尔到梵·高、阿尔托，现代世界内部的疯狂谱系不只意味着对天才艺术家的罗列，更是尝试将疯癫作为一种特殊时代的文化产物和现象加以阐释。时代的特殊性在阿尔托身上达到了前所未有的高度。作为阿尔托的同代人，茨威格在《昨日的世界》中感叹自己这代人在世的几十年内竟然压缩了如此多纷繁庞杂的内容，当父辈、祖父辈从摇篮到坟墓过着"只有一点点焦虑和一种难以觉察的渐变"生活，自己这代人却"最大限度地承受了历史长期以来有节制地分配给一个国家、一个世纪的一切"。阿尔托的一生经历了德雷福斯事件、第一次世界大战、希特勒的法西斯主义、第二次世界大战……理性的革新、科技的进步、生活方式的剧变看似增加了生命的可能性，人类的贪婪和施加权力之心却随之有了更多可以践行的途径。社会的成规并没有软化，反而出现更多隐性的限制与合理化的说辞。正如福柯所言，疯癫的历史是一部关于界限的历史，某些被一种文化拒斥的东西会自动变成位于界限外部的存在，当所谓"文明"的边界越发分明，"正常的目光"就有了更多理由对界限外的存在摆出鲜明的排斥态度，而脱离社会成规的人则会受到加倍惩罚。

1947年6月，住进了疗养院的阿尔托在编号307的笔记本中写下了与谱系中另一位疯狂诗人的隔空对望：

> 这地方充满了美好的记忆。这个公园，奈瓦尔曾经走过市政厅门前，他曾经走过这里，然后吊死他自己。你还能在古老公园高耸的树林下面感受到这一切，就像被石化了一样，庄重的夜晚，月光下的葬礼……

在给勒·布雷东的信中，阿尔托也提到了自己与奈瓦尔的共鸣：

> 你说我的故事非常像奈瓦尔。我要回答你，对我而言，奈瓦尔说的那些状态，他不是梦见过，而是经历过、真的经历过，对我来说，那些都是现实……

曾经困扰奈瓦尔的恐惧同样降临在阿尔托身上："害怕在一屋子聪明人中，而疯癫的人在屋子外。"——究竟是人的精神出现异常，还是说，世界变得反常了？

疯人以"诗人的防御"对抗"社会的意愿",写作不是拯救自我的孤愿,而仅仅是一种见证,是想为处于"正常"界限以外的东西争取一线存在的空间,作为自传的疯癫,实则书写着生存。最终,他们学会了在细枝末节中考虑自己,用文字定义自己的病痛,准确地指出缺陷,想要用写作填补现代世界中神圣意义的缺乏造成的虚空。离开罗德兹精神病院之前,阿尔托对主治医生说:"我被释放了,我能回到朋友中了,我能追求我渴望的剧场人生了。"在他眼中,戏剧不是用来描述事件的,而是用来建构人的存在、给予人类前行的意义,因此他梦想着"有血有肉的剧场",即"每一次的演出,都要让演出的人和看演出的人从肉身有所收获"。在阿根廷诗人皮扎尼克——疯狂谱系里的下一个名字——看来,阿尔托不是把词语变成血肉,而是把自己的身体做成了词语。正如梵·高用扭曲的太阳和老旧的鞋子为自然重建其被遗忘的尊贵,让人类造物重获最大的尊严,阿尔托也是用同样的纯粹和同样的烈度,想要赎回人类的苦难。

关于艺术家面对时代的职责,阿尔托从未有过动摇:"一个艺术家,如果他不曾在内心深处庇护过时代之心,如果他为了卸下其内心的不安,而无视自己是一头替罪羊,无视其职责就是磁化、吸引时代游荡的盛怒之气并使之落到其肩上那么,他就不算一个艺术家。"剧院却成为他最后失去的神圣场所。1947年1月,也是梵·高画作来到橘园的那个冬天,阿尔托在老鸽棚剧院进行10年来的第一次公开表演,那正是1922年他作为戏剧导演首次亮相舞台的地方。剧院里座无虚席,300位观众大多是抱着围观这个"著名疯子"找点乐子的心态来的。阿尔托走到台前，带着他"被内在的火焰吞噬的面孔"，后排有位观众开始大笑着起哄，台上人平静地说："想笑话我的人可以去门外等我。这里没有他的位置。"自此全场静默。事后阿尔托在致友人信中写道：

> 把人们聚集在剧院里、给他们讲点真理的时代已经过去了，对社会和民众而言，已经没有别的语言了，只有炸弹、机枪、路障，还有随之而来的一切。

1948年3月4日清早，疗养院的园丁走进阿尔托的房间，发现他斜坐在床脚，抓着一只拖鞋，地板上有一个水合氯醛的空瓶。在他死后不久，纪德回忆起一年前那次表演："阿尔托成功了，没有让嘲笑和不尊重的蠢货逼近他……观众离开的时候全都很沉默。能说什么呢？……再回到这个用一连串妥协换来的舒适世界让人觉得羞耻。"法国文化理论家让·鲍德里亚也在1996年的一次采访中表达过类似的感受："每个人都应该和阿尔托拥有一种独特的、个人的关系。在他面前，我们总是处于一个非人的层面。"

什么是真正的疯子？阿尔托的回答是：

> 那是一个宁可在人所理解的社会意义上发疯，也不愿违背人性荣耀的某种高贵理念的人。就这样，社会在收容所里扼杀了所有那些它试图摆脱或抵制的人，因为他们拒

绝与一摊高级泔水同流合污。因为社会也不愿听一个疯子胡言，却又想要阻止他说出某些无法忍受的真相。

叶芝说，他觉得每个人都有属于自己的神话，如果我们能知道这个神话是什么，就能理解这个人全部的想法和行为。又一个世纪过去，疯狂的神话仍在继续，它的谱系除了福柯罗列过的人物，还有更多名字和传说。帕蒂·史密斯曾回忆自己在少女时代读到英文版的阿尔托选集，立刻在法国人的文字当中找到共鸣：

> 对一些特定的人而言，接受自己有某种天赋、有独立于魔鬼与万物之外的召唤是非常困难的事，如果他们不能接受这一点，它就会毁了他们。我觉得阿尔托就是这样的人。他无论如何也没法接受自己内在的美，用尽各种办法去涂抹、遮掩、阻挠它。而我也是以我自己的方式这样活着。

了解阿尔托的人生、阅读他的作品对帕蒂·史密斯而言有着决定性的意义，他成为她自身存在之合理性的证明。当她置身人潮的荒野，旁人对她种种"做过头"的行为大加指责之时，阿尔托如同头顶上的星空，是她无言的参照系。或许疯狂的谱系存在本身即是一种安慰，在跨越时代与国界的连结中，共享一个神话的相似灵魂得以牵起手来，反方向起舞，在彼此的镜像中认出自己。

# 火的记忆在智利之夜突然死亡，
# 或历史的三种写法

一

你在新年伊始混读了几本去年出版的拉美文学图书，总有种莫名的"鬼打墙"体验，兜兜转转不停遇见同样的人和事：被全国通缉的聂鲁达奔走在1948年的智利的夜晚，"从一个藏身之所到另一个藏身之所"，走着走着走进了费尔韦尔的庄园，被甫从神学院毕业的诗歌见习生像敬拜异教神明一样偷偷张望——似乎连得顺顺当当，只不过，费尔韦尔是个子虚乌有的文学评论家，他的名字是聂鲁达创作过的一首诗的题目。（文学评论的对象变成了评论文学的主体，诗变成了评诗的人，有意思。）1599年的克维多缺席毕业典礼决定从塞维利亚逃亡去西印度，1642年的克维多在塞维利亚港口看见美洲来的大船，终于下了决心：把小说主人公送到西印度去——好像……不太对？翻过一页，上面写着这本自传体小说的作者从未被确定为克维多。（真的吗？）

《火的记忆》《智利之夜》《突然死亡》，所有的书都可以是一本书，却又是极具区分度的书写，历史如陶罐般龟裂，三位作家在一个又一个既定时间点上相遇又分开，沿着各自看见的裂痕走下去，在阅读中再阅读，创作中再创作，固定的史实变成会呼吸的生命体，总有生长出新的纹路的可能。乌拉圭人加莱亚诺用上了万花筒，眯起一只眼，整体的、共有的历史被碎成个体的、个人的记忆，用多声部"恢复历史的气息、自由和说话的能力"。智利人波拉尼奥给每个非虚构的人物都戴上面具，介绍他们和虚构人物一起加入他脑内的化妆舞会。墨西哥人恩里克则不由分说地把历史推进摆满哈哈镜的迷宫，在扭曲的、不实的或因为放大了弱点而过于写实的镜像中央嬉笑怒骂。三位作家不停探寻、调整历史与写作的关系，同时也在思考自己与作品的关系、记忆与文字的关系，立场鲜明或模糊，态度严肃或戏谑，每种写法都是他们的答案。

加莱亚诺是最写实的那一个，开门见山地将三卷本的《火的记忆》描述为"一个糟糕的历史学生写下的历史书"。他不关心体裁的定义，只是通过指明出处、列出参考文献的体例自证"书中讲述的一切都是已经发生过的事情"——有立场的真历史。恩里克则从一开始就让《突然死亡》高举立场难辨、真假难辨的虚构历史"免罪牌"，同样大量的资料引文却是用来模糊原创与引用的边界，引文是否为真也并不易查证，全凭读者的接受功力。每隔几页就跳出来的词典释义，因为过于荒诞而引人怀疑——虽然很多时候最荒诞的莫过真相——对于词典对词语的解释权、作家对历史的解释权、读者对世界的解释权……墨西哥人的办法很简单："若是事情变得模棱两可，那么我觉得作家应该保持这原有的模糊状态。最靠谱的做法则是将我的疑惑通过文字传递下去，让对话踏上更高的台阶——和我相比，我的读者将会觉得眼前更加明亮。"

从经典文学中继承下来的对历史的记忆左右着小说家的虚构之力：布尔戈斯的安东尼奥神父有一只名叫罗德里格的猎鹰，你想起布尔戈斯教堂墙上腐败的棺木里长眠着熙德，至少，史诗里是这样传说的。也许他早已不在那里了，但是神父（抑或是波拉尼奥？）给自己的猎鹰起名字的时候，会想起他来。有时候，你想要相信更多。加莱亚诺复原过 1533 年印加王阿塔瓦尔帕之死：他的双手、双脚和脖颈都被缚住，仍然在想："我做了什么以至于要死呢？"在波拉尼奥最早的小说《帝国游戏》里，主人公梦见自己和阿塔瓦尔帕下国际象棋，每一盘棋下完之后，棋子就被扔进壁炉里当柴烧掉："阿塔瓦尔帕明亮的眼睛透过头发打量着我，他的头发落在脸上像废水瀑布。"你想要相信这个梦。（传奇：历史文献以外你想要相信的东西。）

二

据恩里克讲，1519 年，科尔特斯前往特诺奇蒂特兰拜访国王，阿兹特克大将请西班牙征服者看了一场荒谬至极的网球赛。你，作为明亮的读者，当然没有被这位墨西哥作家的玩世不恭糊弄过去，反倒觉得作家对荒诞几乎是一种需求，他需要大篇幅的戏谑去稀释作为一个拉美作家记述某些特定历史事件时的情绪。比如 1521 年特诺奇蒂特兰城的覆灭。加莱亚诺是这样为那两个年份留下记忆的：1519 年，国王打开了城门，"他很快就要完了"。1521年，特诺奇蒂特兰城，"人和神都被打倒了"，城市在战斗中死亡。阿兹特克的国王脚下浸满油的木柴被点燃，"世界沉寂，下雨"。恩里克则是在完全不合情理、史实错误繁多的闹剧中写下的1521年浩劫："世界似乎被消音了"，终于得逞的人们（一如后来的人）确信"他们今天破坏的，以后再也无力将其复原"。——似乎，历史的重量也没有少掉一丝一毫。

"生活就是一连串模棱两可的双关语"，波拉尼奥如是说。《智利之夜》扉页上引用"请摘掉您的假发！"，直到全书终结时刻，假发被摘掉，原来九万字的癫语都是剥离面具、暴露自我的历程。人的面具有很多张，名字是回首生命时能依稀遵循的线索：马车夫只认识庄园主冈萨雷斯·拉马尔卡，不知道谁是评论家费尔韦尔。"我"写文学评论作品的时候叫 H. 伊瓦卡切，"我"是智利诗人塞巴斯蒂安·乌鲁蒂亚·拉克鲁瓦，给皮诺切特讲课的时候，"我"是哆嗦着、颤抖着跳进历史深渊的"那个业已衰老的年轻人"。名字很重要："我"记不清庄园的名字，只记得和一本书的名字相似，可是书名也记不起来了。凯尔肯村庄被遗忘的名字听起来像在叫着"谁？谁？谁？"马车以毁灭性地姿态像要把谁带去地狱，这时庄园的名字突然出现：它叫"在那里"。（加莱亚诺补充道：1984年，皮诺切特将军的独裁政权要求"比奥莱塔·帕拉"村改成某位英雄军人的名字。村民不接受被重新命名——因为只有比奥莱塔"知道如何歌颂智利的神秘"。）

有一刻，20年血雨腥风的智利历史被波拉尼奥挤进两页纸的篇幅，混着古希腊的经典密密麻麻罗列，窗外风雨飘零，主人公按照传统要求依序读着古希腊的圣贤书，默念着"上帝爱怎样就怎样吧"。小说家选择让他的人物读着修昔底德和漫长战争,而他自己看见相隔千年的、手无寸铁的普通人依旧在凝望着修昔底德凝望过的地平线。人该学会接受自己的地平线吗?出于幸运或者不幸,历史面前,诗人经历危险的转变,茫然和震惊包裹着厌倦和沮丧,一个伤口嵌进另一个伤口,诗歌展现给他超越歌颂和美丽的东西,展现给他恶劣的东西、毁灭的东西、亵渎神明的东西,字里行间有了终极含义。直到,他完成了从太阳神阿波罗式诗句到酒神狄俄尼索斯式诗句的危险转变——"为什么会有那么多的愤怒呢?"

对此,加莱亚诺有个相关回答:1936年,西班牙内战爆发,加西亚·洛尔迦死于第一个残酷的夏天,"聂鲁达行走在浸满鲜血的西班牙大地上。他目睹着这一切,自身发生了转变。这位对政治不感兴趣的人乞求诗歌能变得像金属或面粉一样有用"。1939年,当败局已无可逆转,巴塞罗那即将沦陷,在蒙特塞拉修道院,聂鲁达和巴列霍献给西班牙内战的诗句被"印在由残破军装布条、敌人的旗帜和绷带做成的纸上",权当一种道别。而你记不起是在哪里读到,聂鲁达初抵马德里的时候,加西亚·洛尔迦神采飞扬地在站台上迎接他,1936年以后的很多年里,每当火车到站,聂鲁达在下车的时候都仿佛看见洛尔迦年轻的面庞、生动的身影在站台上迎接他。

三

虚虚实实、真真假假的历史读下来,你暗想,假如历史有平行选项、像《黑镜》里某集那样给读者提供交互体验,写作大概就是提供可能性的遥控器按键吧。记录历史是旁观者的功课，再客观的史实在每个观看者眼中依旧是主观的，新世界并不知道自己是新世界，而有了"新西班牙"，西班牙才变成"旧西班牙"。（听闻野蛮人玩球的时候赢家掉脑袋，科尔特斯撇撇嘴："会有人教教他们，输了的人才应该脑袋落地。"）

1562年，在墨西哥马尼发生了焚书事件，一夜之间，八个世纪的玛雅文献荡然无存，"与此同时，这些书的作者们，几年前或者几个世纪前死去的艺术家、祭司们，正在世界上第一棵树的荫凉下喝巧克力。他们很平静，因为他们已经死了，他们知道记忆是不会被烧毁的。"你在心中笑叹乌拉圭人这坦荡的信心啊——哪怕作品被烧毁，记忆不会。火会记得。波拉尼奥这个著名的消极主义者可没那么大信心，虽然他也在费尔韦尔过世的那一天让"我"站到了他的藏书面前，它们是书的主人"缺席和在场的化身"。

其实，记不得、记错了、换种方式记也都不是什么大不了的事情，在历史的节点上相遇的时候，书与书自有它们对话的方式——


片段一

《火的记忆》：1973年，智利圣地亚哥，阿连德念诵着"我决不辞职"死于总统府。

《智利之夜》：总统府爆炸了，阿连德死了，"那一刻我保持静止，我的一根手指还放在当时正在阅读的那本书的页面上，我想：多么安静啊！"

《火的记忆》："奄奄一息的诗人巴勃罗·聂鲁达询问这场恐怖行动的新消息。他有时能入睡，睡着了就说起胡话。清醒和做梦无甚差别，都是一场噩梦。"

《智利之夜》：诗人说起胡话。那之后的日子，所有人如梦初醒，又好像醒着做梦，"那些生活在这个国家的呆滞的人物，正坚定不移地，向着那条灰色的、陌生的地平线行进"。

《火的记忆》：1984年，墨西哥群山里，一个与世隔绝的印第安部落在一本小说（是《幽灵之家》吗？）里为自己找到了名字：萨尔瓦多·阿连德。

片段二

《火的记忆》："自从在广播里听到了萨尔瓦多·阿连德极具尊严的告别演说，诗人就陷入了临终的痛苦。"

《智利之夜》：巴勃罗死了，死于癌症。——"我"打电话给费尔韦尔。送葬的队伍里，越来越多的人加进来，巴勃罗在棺材里。与他的一首诗同名的评论家说，"我原本应该写一篇美妙的颂词献给巴勃罗的"，并哭了起来。

《火的记忆》"挚友们列队为他送行。走过一个又一个街区，队伍变得越来越长。"政变12天后，《国际歌》第一次在智利街头回荡。从"齿缝间的喃喃"到"逆着恐惧前行的人民终于开始放声歌唱"，声嘶力竭，以此陪伴"他们的诗人聂鲁达"走完生命最后一程。

片段三

历史面前，写作文学的人孤身对抗，"是没法做成什么的"——波拉尼奥的声音。

不过，加莱亚诺的编年史里写到过1928年的谢纳加镇大屠杀，官方认定"在马孔多什么也没发生"，却也是在那一年，一个婴儿诞生，"多年以后，这个婴儿将会向世界揭露这个得有健忘症、忘记所有事物名字的小镇的隐藏的秘密"。

而恩里克告诉我们，据说卡拉瓦乔有一把双面刻字的匕首，一面写着"了无希望"，一面写着"了无畏惧"。

# 十三堂小说课的岛屿幻想曲

　　切萨雷·帕韦塞在对话体作品《与琉喀对话》中写过一则关于卡吕普索与奥德修斯的故事。奥德修斯被困奥吉吉亚岛，卡吕普索想让他留在岛上当自己的丈夫，她可以让他获得不朽成为神明，但奥德修斯拒绝了，依然坚持要向着一直以来寻找的岛屿进发，直到对话终了的时候才揭开这场征途的真相其实是对自我的挖掘——我把我的岛屿一直带在身上，我要寻找的东西在我心里。对哥伦比亚小说家胡安·加夫列尔·巴斯克斯而言，他在2018年春天出版的新书《空白地图之旅》中记录下的正是他始终带在身上的岛屿。在这本从他在多家大学担任小说课客座教授时的讲稿整理而成的文集中，文学史上的小说经典逐一亮相，无论是作为读者还是作为创作者，与文学纠缠一生的终点都是对自己、对每个人类个体的认识与发现。

　　岛屿之旅的原点是瑞士德语作家罗伯特·瓦尔泽。加夫列尔·巴斯克斯在伯恩大学担任客座教授期间，曾为瓦尔泽撰写传记，近距离接触过他的手稿。那是一种叫作 Kurrent 的古老的字体，最多也只有两毫米高，小到需要用放大镜才能分辨阅读。瓦尔泽曾经在所有能找到的纸上微雕一般用这种字体创作。我们的哥伦比亚作家面对细细密密的手稿，问出了也许所有小说家都曾在某个生命场景里问过自己的问题：我们为什么要做我们正在做的这件事？心甘情愿把一个又一个小时交托给这项艺术，它有什么用？从瓦尔泽的手稿中，加夫列尔·巴斯克斯读出的回答是：我们写作是因为我们别无他法。《空白地图之旅》中的13堂小说课讲稿里谈论的便是这样因文学而起的执迷，在作者心中，小说是存在于不同时空的伟大名字挖掘人类共有的空间写下的故事，因此手持空白地图也毫不担心迷失方向，他就这样带着读者踏上旅途。

一

作为西语作家，加夫列尔·巴斯克斯的旅途从塞万提斯启程是再自然不过的事情。在西班牙，4月23日不仅是众所周知的"世界读书日"，是莎士比亚和塞万提斯的逝世纪念日，更是"圣乔治节"，以爱人之间互赠玫瑰与书为传统。节日前后，大街小巷摆满书摊，间或有插满红色玫瑰的花筒在街角出没，加上各式各样的读书活动，堪称读书人的狂欢。而这场狂欢最经典的保留节目当属一年一度由马德里文学艺术协会举办的《堂吉诃德》不间断接力朗读活动，由前一年的塞万提斯文学奖得主开场，从23日当天下午6时一直持续到25日下午2时，朗读者不乏各界名流，但更多的是属于普通市民的舞台，完全符合富恩特斯的建议。当被问起全世界都应该读的五本小说有哪些，这位拉美"文学爆炸"的主将扳着手指回答道:"《堂吉诃德》《堂吉诃德》《堂吉诃德》《堂吉诃德》《堂吉诃德》。"

伍尔夫曾说,每年读一遍《哈姆雷特》记下感受,串起来就是我们的自传,因为无论我们在成长中学到了什么,都会转头发现莎士比亚恰好全讲到了。属于加夫列尔·巴斯克斯的《哈姆雷特》毫无疑问是《堂吉诃德》。年复一年的重读让他发现,与其说,小说是人类发明出来的、最好的发现自己的工具,不如说,人类是小说最好的发明——人类被忽视的性格、命运与境况成为只有小说能抵达的地方,让我们真正知道在我们看不见的、别人的世界里正在发生什么。在他眼中,小说式的观看方式与委拉斯开兹的名作《宫娥》中画家本人在镜子里的目光相仿,作家在书中观看世界,也如米兰·昆德拉所言,教会读者对他人的生命产生好奇,试图去理解他们与自己真正的不同。在创作的过程中,小说家甚至比它的作者看清楚得更早,也看见得更为辽远。

堂吉诃德身边的人把他的病症归咎于骑士小说,文学作品(无论是创作它还是阅读它)赋予人以想象力,把风车变成巨人,叹之笑之,却也令人从中得以想象出另一个自己、另一段人生,因而现实生活也多了几重神奇。加夫列尔·巴斯克斯讲起博尔赫斯笔下那个因为急着把书拿上楼意外摔下去的图书管理员。小说中他出院之后在火车上又把此前的"罪魁祸首"——《一千零一夜》——拿出来消磨时间,紧接着在一场打斗中丧生。而这个故事还有另一种读法,主人公其实死在了手术台上,从来不曾出院,原书的结尾不过是死前一刻他脑海中想象出的场景,这是他原本希望可以选择的热血生活，是他梦想中的死法——
而不是因为失足掉下楼梯。

二

1962年，阿根廷小说家科塔萨尔送了一册法国诗人亨利·
米肖的书给他的文学同胞皮扎尼克，在扉页上他写道：

> 蛇社一致决定
>
> 接纳
>
> 阿莱杭德娜·皮扎尼克
>
> 入会
>
> （无需申请信）

底下还有字迹各异的签名，包括了这个典出《跳房子》的
文学俱乐部的全部成员：奥利维拉、玛伽、罗纳德……那是《跳
房子》问世之前一年，皮扎尼克是科塔萨尔身边极少数的几个
读过手稿的人，彼时彼刻，这册米肖诗集上的题献仿佛只有对
方会懂的私人玩笑，另一个平行时空里的巴黎。对爱书人而言，
共同热爱的作品里总是有太多可以分享的密码。

读加夫列尔·巴斯克斯的新书也常让人遇见这样会心一击
的喜悦。阿根廷小说家皮格利亚所言不假：文学评论是自传的
一种形式，一位作家以为自己在写他的阅读经历，其实写下的
却是自己的人生。在关于《尤利西斯》的一篇中，作者回忆起第

一次阅读这部巨著的经历，也是他对写作之为天职产生顿悟的体验：虽然读得一头雾水一知半解，却让他意识到阅读、创作、研习与小说有关的种种功课是他唯一感兴趣的事情。20年后，加夫列尔·巴斯克斯已成长为巴尔加斯·略萨眼中拉丁美洲新一代作家的代表，出版过的小说总计超过1400页。回望年少时代对《尤利西斯》的痴迷，这部书对他而言犹如一座城市，有的街区熟悉到好似自己建造，有的时常路过，有的令他迷失方向，还有的他再没有到访过。他眼中的乔伊斯，诗意存在于语言的碎片里，哪怕是后来艰涩如《尤利西斯》或《芬尼根守夜人》，文字背后依旧是1907年写下《都柏林人》末篇的诗人乔伊斯。

读书的年岁越久，阅读经历与人生记忆越是难解难分，因而读到加夫列尔·巴斯克斯回忆他与皮格利亚的最后一次对话，实在是心有戚戚。那是在哥伦比亚，皮格利亚去世前一年：

> 他对我说，对他而言，一本书首先意味着阅读它的记忆，读一本书的时候他的人生在什么场景之下。一个人可能想不起一本书的内容，但是如果这本书真的重要，你会永远记得是在哪里读的，记得读它的那一刻你的生命中正在发生什么美好或不够美好的事情。

想来确是如此吧。每每忆及最接近幸福的图景，脑海中首先浮现出的莫过于伊舍伍德的小说《单身男子》中两人相对躺在沙发的两端，"各自沉浸在各自的书中，同时完全意识到对方的在场"。而每到需要裹起大衣的年末，街上弥漫起热红酒香气，也会想到海史密斯《盐的代价》里，平安夜那天的特芮丝坐在一堆枝繁叶茂中间，手里搂着树，旁边坐着令她着迷的人。她把脸埋进树枝里，鼻息间尽是深绿色的木香，干净仿佛野外的森林。正如加夫列尔·巴斯克斯在《空白地图之旅》序言的末尾所写：

> 只有爱书的人懂得，有时候一本书才是我们逝去的时光的唯一见证，重读这本书是重返那段时光的唯一方式。

这张空白地图，看起来毫不显眼的破旧羊皮纸，但只要念上对的咒语，就会变成《哈利·波特》里的活点地图，那些曾经、正在和将要影响我们的伟大作家的名字在永不消逝的文学魔法城堡里四处游荡，从不找寻我们，却注定与我们相遇，成为我们心中的岛屿。

# 写作者的灵魂：重读陀思妥耶夫斯基

写作关乎什么？千百年来这是无数作家与文学评论家旁征博引试图厘清的问题，它一方面与写作的目的与功用息息相关，另一方面又引申到将写作视为天职的人群生而为人的意义所在。写作可以是讲述故事，是记录历史，是对语言的革新，是为读者提供愉悦的感受……一个世纪以前，法国作家纪德在关于陀思妥耶夫斯基的讲座与文论中向我们反复强调过这位俄国大家的回答：写作是关于人的道德生活和精神生活的。占据陀思妥耶夫斯基全部身心的写作主题就是人本身——"他们的精神气质、他们的生活方式、他们的感情和思想"。他所构想的人物时常乖戾乃至疯狂，有许多不合情理的念头和不负责任的行动，然而却如同荒唐的梦境其实是对潜意识的最佳揭露，读者却也能在陀思妥耶夫斯基漫长荒诞的叙事中读到写满预言的羊皮卷，因为，如纪德所言，"我们能感觉到，他刚刚触及了某个属于我们真实生活的隐秘点。"

2019年，《关于陀思妥耶夫斯基的六次讲座》再版，这本书将纪德发表过的关于陀思妥耶夫斯基的数篇讲演及文章结集成册，熟悉陀氏作品的读者很难不在与纪德的纸上相遇中会心一笑。法国人在老鸽棚剧院发表的讲话里言简意赅地点出了陀思妥耶夫斯基作为作家最深刻的人本关照：他体谅每一个人物各自特殊的秘密，关心他们复杂的内心问题，他懂得"生活是困难的，有些时刻需要人认认真真地去过"，因而一个个体在每个时刻的想法和动机都同样重要。他并不概括地看待和书写任何群体，而是着眼于单独的人，普通的人，细理入微地刻画他们面对日常体验时的精神状态和心理活动，无论做出怎样情理之外的选择和行为，他在写作的时候都平等看待，不匆忙将他们归类。令人不禁联想起西班牙哲学家玛丽亚·桑布拉诺对意大利作家皮兰德娄的评论：

> 这个潜在地底、心底、潜意识里的世界向悲剧作者虚掩着大门。他可以在每个人的面具——保护人和压抑人的面具——之下影影绰绰地窥见那个世界。皮兰德娄所有作品中的主人公都是孤独前行的人，为他人不知不解，也是自己的陌生人。……在当下，在当今世界，在我们这个世界，悲剧主人公是大街上的人，某某人，一个孤零零的人，因为能够痛苦而感知到如此孤独。……这就是悲剧作者皮兰德娄的伟大之处：他在大街上的人身上发现并描绘出悲剧英雄。

陀思妥耶夫斯基尤为令纪德赞叹的是他如何通过创作一个又一个人物展现出自己"心理学家、社会学家和伦理学家的思想"，他毫不畏惧于极端展现人的双重性，不忌惮让主人公哪怕在最强烈激情支配的时候仍然不忘怀疑这激情的本质究竟是爱还是恨，由此让小说成为富于心理学和伦理学意义的场域。纪德在讲座中引用了尼采对《罪与罚》作者的评价："陀思妥耶夫斯基是唯一一个让我在心理学方面学到东西的人。"无独有偶，鲁迅也曾在为俄国人的《穷人》所作小引中写道：

> 显示灵魂的深者，每要被人看作心理学家；尤其是陀思妥夫斯基那样的作者。他写人物，几乎无须描写外貌，只要以语气，声音，就不独将他们的思想和感情，便是面目和身体也表示着。又因为显示着灵魂的深，所以一读那作品，便令人发生精神的变化。灵魂的深处并不平安，敢于正视的本来就不多，更何况写出？

西班牙诗人塞尔努达曾表示尼采是自己心中"第一位心理学家"。我们不妨将此处的"心理学家"概念概括为对人类这个群体的行为及其所处社会的深入探寻与研究。对这些以思辨和写作安身立命的"心理学家"而言，他们始终想要挖掘通向人类自己的道路，因而不停试探着整个群体的道德系统——无论是传统权威和宗教所创立的东西，还是社会改革家提出的概念。归根结底，如纪德所言，他们想要用写作提供"心理与道德范畴的某些真理。"

在陀思妥耶夫斯基的书信里，有一个十分动人的细节。在1854年2月2日前往服苦役的路上，他在给哥哥的信中写道："一个简单的人远比一个复杂的人要更为可怕。"这是一个孤僻偏执的写作者对人类的慈悲，更是对人性之复杂的尊重。在创作中他也总是愿意平静地呈现人的深渊，强调并保护着人物的光明与阴暗，如纪德所言，"他喜欢复杂性，他保护复杂性"。就这样，现代人的困惑彷徨在他绵延不绝的人物独白中找到某种共鸣——他尤其喜欢让笔下人物进行自我心理分析，日常道德和习俗并不让他的人物轻易就范，真正的缠斗发生在自我内部，最终往往在精神的酷刑之下犯罪、酗酒、发疯或自杀。纳博科夫就曾质疑陀思妥耶夫斯基笔下所有的罪犯为何都是疯子，克鲁泡特金也并不客气地表示：

> 在拉斯科尔尼科夫形象背后，我感觉到了陀思妥耶夫斯基本人，他试图解决一个问题：他自己，或是包括他在内的所有人能否像拉斯科尔尼科夫一样犯下罪过，而哪些抑制性的因素会阻碍他，阻碍陀思妥耶夫斯基本人成为杀人犯。但问题在于，这样的人是不会去杀人的。

然而陀思妥耶夫斯基的写作想要论证的并非自己会不会去杀人，而是分析人为何会想要去做出冒险的、不计后果的、乃至伤害自己的行为。在尼采之后，当"自在的善"遭到批驳，整个道德价值体系亟待重新评估，人对一切道德要求的外在权威和标准的质疑意味着重新解释世界的需要日益增加。如果没有外在秩序的约束，人的精神内在之路会通向何处？所谓"被解放了的人""摆脱了定规的人"，存在真正的自由命运吗？这种对自由意志的追问贯穿陀思妥耶夫斯基的全部作品，而最重要的"拱顶之石"——如纪德所言——是《地下室手记》。这本书中关于人的辩证思考对后来他塑造的拉斯科尔尼科夫、斯塔夫罗金、伊万·卡拉马佐夫等人物的命运有着决定性的作用。在这部书中，陀思妥耶夫斯基详细探讨了人所固有的对非理性、对疯狂的自由的需求。这种几乎是"自毁"的倾向源自"人需要的只不过是一个独立的愿望"——人会故意地、有意识地损害自己、做出疯狂的举动，以此来反复确认自己是有权愚蠢的、有权疯狂的。在他看来，"人们会故意使自己疯狂"是因为"人一刻不停地要向自己证明，他是人，而不是一颗小钉子"。

这样对于如何在上帝死后肯定人类个体独立性的焦虑在陀思妥耶夫斯基此后的作品中一再复现：如果一切都可以被允许，人可以做什么？《群魔》中"我必须开枪打碎我的脑袋"也好，《罪与罚》中对于什么样的人有权杀人、什么样的人可以被杀的辩白也罢，都是作家对于一个思想着的人与其命运之间不安关系的思考。人想追根溯源以解开自己思绪的谜团，最后却发现这一谜团的开端和结尾都深深扎根于自己体内，一旦拔出，痛彻心扉。早在《地下室手记》中我们已经读到过那段永不过时的独白：

　　因之你在暗默的无能中咬牙切齿，沉入奢侈的怠惰，感到连一个让你仇恨的对象都没有，你甚至永远找不到一个人让你发泄你的恶意。于是你了解它只是一个面具、一个戏法、一个牌戏的骗局，它只是一个谜团，既不知道它是什么东西，也不知道它是什么人。但姑且就这一骗局不说，在你之内仍旧已有一种疼痛，而你对它越是不能了解，你内心的疼痛就越是厉害。

这样的思考是疼痛的，写出这样的思考无疑更是疼痛的，何况高质量的写作是旷日持久的工程，同为作家的纪德通晓这一点，因而对陀思妥耶夫斯基更生出一分敬意。法国人特地从《书信集》中摘录了陀思妥耶夫斯基创作《群魔》和《罪与罚》期间反复修改、删除乃至撕毁手稿的片段，而且无论是简单的文章还是整本书他都同样全力以赴。那是一种缓慢而艰难的忠实，直到去世前一年，陀思妥耶夫斯基仍然在苦恼：

> 作为作家，我有很多缺点，因为我自己第一个就对自己不满意。我在做自我反省的某些时刻，常常痛苦地看到，我所表达的东西不是我原本想表达的，我能表达的只是我想表达的东西的二十分之一。

然而，在贫困潦倒、远赴西伯利亚苦役、癫痫病不时发作、亲人在几个月间相继去世的多舛命运当中，他依然紧紧抓住写作的稻草，并且因此找到更高一层的力量。1849年7月在监狱等待判决的时候，陀思妥耶夫斯基在信中写道："在人的身上，有着坚韧度与生命力的一种巨大潜力，说真的，我原来并不相信它们会有那么多。而现在，我从亲身的经验中知道了。"而一个月后，疾病缠身的他更是写下："丧失勇气实在是一种罪过……尽力地工作，带着爱，这才是真正的幸福。"阅读并引

202

述了这一切的纪德在讲演中感叹:"在陀思妥耶夫斯基看来,我们每个人都有一个高级的、秘密的——甚至对我们自己来说也往往是秘密的——生存理由,它完全不同于我们多数人为自己的生命制定的外在目的。"

回到开篇提出的问题,写作关乎什么?在陀思妥耶夫斯基眼中,人最宝贵的东西是"我们的人格和我们的个性",他在写作中的实践无疑是这种特殊的人本思想的全面体现。他的作品成为一代又一代人的心理分析师,在往后经历不同历史阶段的俄国也不断获得新的内涵。纪德特地在讲座中提到了《永恒的丈夫》里某个次要人物的话让20世纪的知识分子听来振聋发聩:

> 至于我的看法,我认为,在今天,我们在俄罗斯根本就不知道应该敬重谁。您得承认,不知道应该敬重谁,这是一个时代的可怕灾难……难道不是这样吗?

这样的写作是动人的,也是折磨的,不妨引述鲁迅在为陀思妥耶夫斯基所撰小文的结尾:

> 凡是人的灵魂的伟大的审问者,同时也一定是伟大的犯人。审问者在堂上举劾着他的恶,犯人在阶下陈述他自己的善;审问者在灵魂中揭发污秽,犯人在所揭发的污秽中阐明那埋藏的光耀。这样,就显示出灵魂的深。

1911年12月12日，法国作家克洛岱尔在给纪德的信中写道："我们最近应该找一天像陀思妥耶夫斯基小说中的人物一样谈谈，他们彼此讲出那样隐秘的话，到了第二天都不敢再对视，彼此恨之入骨。"恐怕，时至今日，读罢纪德关于陀思妥耶夫斯基的讲座，我们仍会不禁生出重新捧读陀思妥耶夫斯基的冲动，并采纳克洛岱尔的提议。

# 普鲁斯特与纪德，
# 一段文学往来轶闻

　　1891年，两位20世纪法语世界最重要的作家——普鲁斯特和纪德——初次见面，原本他们可能在1898年阿姆斯特丹的伦勃朗展再次遇见却阴差阳错并未碰上，这一下将两人的第二次当面交谈推迟到了1916年。从1891年的初识到1922年普鲁斯特去世，30年里两位文学大家至多有过零星几次会面和寥寥20余封通信，收录于2019年春天出版了中译本的《追忆往还录》之中。

　　这一切都是从普鲁斯特为《追忆似水年华》的第一部《在斯万家那边》苦苦寻求出版商开始的。1907年，出版家加斯东·伽利玛第一次见到普鲁斯特，立刻被对方极其温柔的目光和漫不经心的态度打动。那时候，伽利玛只是著名藏书家的儿子，尚没有投身出版业（《新法兰西评论》及同名出版社第二年才正式建立），普鲁斯特也只是在《费加罗报》上发些"豆腐块"的作者，断断算不得什么作家。又过了几年，1913年10月，普鲁斯特接连写了两封信给伽利玛请求会面，并将取名为《追忆似水年华》的几本手稿交给他希望可以在新法兰西评论社付梓，书稿随即来到了编委会的关键人物纪德手中。纪德勉强忍过了开头10页对一场辗转反侧的失眠的记录，又信手翻到第62页，读到对一杯茶连绵不绝的描述段落，觉得这本书实在太无聊，礼貌地退了稿。

收到退稿的普鲁斯特转向格拉塞出版社，这家出版社的创始人贝纳尔·格拉塞和伽利玛一样是20世纪初在巴黎出版界崭露头角的新人，雄心勃勃想要在出版实践上与19世纪的旧传统割裂开来，最早启用了由作者负担一部分出版费用的自费出版制度。《在斯万家那边》正是以作者自负盈亏的方式出版的，格拉塞直到签完合同甚至没有读过这部厚厚的书稿。年末，这部鸿篇巨制的第一册问世，一切忽然有了转机，纪德也在同僚的敦促下重读此书，承认当初的判断过于草率。1914年1月，纪德代表新法兰西评论社编委会给普鲁斯特去信致歉："拒绝这部作品是新法兰西评论社最严重的错误——（我深感羞愧因为我对此负有重大责任），这是一生中最刺痛我、令我感到遗憾后悔的事之一。"两人的通信"往还"正是从这封信开始的。

阅读普鲁斯特1914年写给纪德的数封信，恍若发现了从《追忆似水年华》里遗失的句子一般令人欢喜。在收到纪德写来的那封留名出版史的致歉信之后，他的激动跃然纸上：

小的快乐，被记忆从尘封往事里随机抓取而来……如同在特定天气，特定时刻吃了一串葡萄。我记得很清楚：被您读到的快乐。我跟自己讲：我的作品若在新法兰西评论社出版，他很可能会读到。我记得就是那串新鲜的葡萄让我抱有希望，希望战胜始终没人回应电话的烦恼，诸如此类。

这封回信里，普鲁斯特的语调浸透如此小心翼翼的欣喜，词语之下隐隐流动着一种疲惫不堪的迟疑。这位不世出的文学天才在当时当刻对自己的才华与独特性却是无限质疑的。早在1907年他公开宣称自己要致力于写作的时候，在巴黎小文化圈乃至更广阔的读者眼中，普鲁斯特不过是个在报纸上事无巨细地描写日常风俗见闻或者做些还算不错的调侃式仿作的作者。他确实热衷且善于复制当时那些在法国已经名噪一时的作家，在他看来，有意识的仿作是为了在此之后"重新拥有独特性"。然而，摸索独特性的历程却格外曲折，其间屡屡陷入困境，如作家自己所言，"我发现我处在困境中：极想说出之事不能尽其所有一举说出，或者，由于缺乏那种极想说出之事，再加感受力减退，这也就是才能的崩溃。"

29岁那年，他开始写作后来在他逝世后32年结集成《驳圣伯夫》出版的文章。在这些以某天上午与母亲的谈话作为阐述模式的记忆碎片里（这部书最初的名字恰是《一天上午的回忆》），普鲁斯特清空了脑海中既有的对文学的知识积累，转而采用更加直白的方式顺应自己的感官。（"智力所提供的真相似乎并不真实"，他想。）当飘雪的冬日，一块浸过茶水的面包把多年以前乡下夏天清晨带回他的眼前，连同其间的幸福时刻一道连绵复现，他意识到，生命里每一个逝去的小时，都在当时当刻寄存隐藏在了某个物质对象里，香气、声音、一道光……时间能否失而复得，全取决于能否有足够的运气发现和重遇那个物质对象。就这样，他混乱而迟疑的写作世界逐渐有了形状，找到一种可行的文字铺陈形式可以承载他对重建过去的执迷。而《驳圣伯夫》

里的碎片在此后的十几年里生长成为七卷本的沉默巨兽。

1914年冬去春来的几个月里,普鲁斯特与纪德频繁通了十几封信,前者甚至在某个没有记录下日期的春日寄去了一束拉舒姆花店的玫瑰,附上的信笺只有短短一句没头没尾的话:"您还一直那么悲伤?"那段时间过去之后,一切又像突然的开始一样戛然而止。下一封信的日期兀地跳至1918年11月,相隔一整个世界大战,欧洲面目全非,现代人的焦虑彻底降临,连同对抗这种焦虑而生的种种激烈的先锋尝试,信中的普鲁斯特却好像一点没有改变,似乎还愈加寡淡起来:

> 我过慢节奏生活惯了,以致那些时间概念与我迥然不同的人听了哈哈大笑……诚然,在离群索居的生活中,精神上也好,现实中也罢,我已习惯于什么都不爱。而我和您的友谊却牢不可破……

纪德与普鲁斯特之间的关系可谓充满悖论。20世纪初的巴黎文学圈小虽小,这两位却仿佛活在截然不同的星球。纪德自述是个"难以捉摸"的人,普鲁斯特被公认为"全巴黎最难懂的人";纪德喜好出游,常年不在巴黎,普鲁斯特常年饱受疾病折磨生命最后十几年几乎足不出户。同样的历史时期和个人状况让他们有过许多雷同的经历,但是他们的生活方式和所写作品中异远大于同,两人与周遭世界所维持的关系、表达大大小小观点的方式都极为迥异,但是这样的不同却并没有影响他们相互的仰慕与深刻理解。

从现存的书信里，我们读到的更多是普鲁斯特对纪德及其作品（尤其是《梵蒂冈地窖》）的执迷，纪德的回应似乎寥寥，然而《追忆往还录》书末收录的两篇纪德关于普鲁斯特的书写如同隔空对白弥补了这一遗憾，令人猛然发觉静水深流一般的理解。在1921年春天写给安日尔的信中，纪德点出阅读普鲁斯特就如同近视的人第一次戴上眼镜，世界从此变得不同，这会使人对生命的感知变得充盈丰富起来。近一个世纪的时光荏苒反复验证了纪德的判断，出版已逾百年，普鲁斯特经久不衰的魅力正是来自他专注的目光，几乎是引领着人们去重新审视世间万物，聚焦一个又一个瞬间，将记忆的脉络和情感的丝缕一道一道拨开，细节突然被放大，纷繁的感觉蜂拥而至。《追忆似水年华》洋洋洒洒3000页，超过2000个人物，囊括万千又全无一物，最终全部浓缩于过去时与现在时的边界线上普鲁斯特一个人的眼眸当中。时间和空间的维度在他眼中无限延伸，相互交错，照满阳光的墙头上闪光的枝叶就可以是一个年代。这个闻不得诸如山楂树、丁香树之类草木香气的经年哮喘患者却痴迷于此，甚至常年闭门的他偶尔外出，是去看他想在书中复苏的树。他始终保持着对风景的爱慕，相信"在一片风景的深处，总有某一种存在的魅力在那里闪动"。

　　在纪德眼中，《追忆似水年华》最大的特点是它的"无动机性"：无用且不寻求任何证明，不急于证明什么，只是用"极度的慢条斯理"营造无边的迟缓，"似乎书的每一页自身都呈现出完美的自足性"，而这种沉静的叙事状态为读者带来了"持续的满足感"。神奇的是，这样的作品却问世于"一个事件处处战胜观念的时代……在这一个时代，我们还没有从战争的创伤中恢复，我们只关注有用的、实用的东西。突然，普鲁斯特的作品横空出世，它毫无用处，毫无动机，却让我们觉得比那众多的以实用为唯一目标的作品更有益，更有大帮助"。而让作品的"无动机性"显得更加动人的是作者创作它时强大的内驱力。《追忆似水年华》的半自传性质难免让人混淆其中的讲述者与作者本人，以至于将普鲁斯特与徜徉随性意识流画上等号。很长一段时间，连许多法国的批评家也落入这个圈套，直到他的大量遗稿被发现（他留下的装有提纲和草稿片段的笔记本有62册之多）人们才意识到，这个一生其实只在写一部书的作家是用怎样非同一般的专注力不停辛勤工作。他从未偏离早在写作《驳圣伯夫》时代立下的誓愿，遵从圣约翰福音书中的训诫："趁你身上有光，务需努力勤修。"

美国传奇出版人罗伯特·戈特利布在自传《我信仰阅读》中回忆过大学时代阅读普鲁斯特的时光：

> 我的整个生命都回应着普鲁斯特，我决定用一种非常规的方式阅读他。七卷《追忆似水年华》，七天。整整一周，我与世隔绝，一步不离房间，一天吞下一卷。朋友顺道送来食物，而我一直读一直读……事实证明，完全浸入式的阅读是体验和吸收普鲁斯特精魂与风格的绝妙方法。七天之后，我重回世事，感觉到普鲁斯特是属于我的——抑或说，我是属于他的。我们之间形成了一种私人关系。

多么奇妙的呼应。在戈特利布足不出户吞噬抑或被普鲁斯特的巨著吞噬之前半个世纪，作家本人的创作历程恰恰是千百倍于七天的与世隔绝。在位于巴黎奥斯曼大街的寓所里，他过了十几年黑白颠倒的生活，百叶窗永远是紧闭的，案头上一盏孤灯，上百个小说人物、上千个想法敦促着他为它们赋予生命。某种程度上说，羸弱多病的身体状态成就了这部文学大作，迫使他从流动的盛宴中早早离席，巴黎熙熙攘攘的社交厅堂弥散着世纪之初潜在危机爆发之前最后的虚空，而他早已懂得，严肃的文学工作是要在孤独状态下完成的，要达到一个高度，必须做出必要的、享乐上的牺牲。

1922年的新年晚宴上，普鲁斯特最后一次现身巴黎社交圈，身上还穿着1908年时风靡的衣饰。肺炎折磨下的他半只脚已经踏进棺材。他死后的第二天早上，闻讯前来的朋友第一次见到那间永远沉浸在黑暗里的房间所有灯都亮着。壁炉上是《追忆似水年华》最后的手稿，前一夜才由忠实的女仆塞莱斯特替他记录完毕。《追忆往还录》的最末篇是普鲁斯特过世后纪德重读《欢乐与时日》写下的文字。文中纪德特别提请读者留意这部普鲁斯特最早期作品的卷首语里有一段预言性的话：

在我孩提时代，我以为圣经里没有一个人物的命运像诺亚那样悲惨，因为洪水迫使他囚禁于方舟达40天之久。后来，我经常患病，在漫长的时日里，我也不得不待在方舟上。于是，我懂得了诺亚唯有从方舟上才能如此看清世界。

最终，普鲁斯特不仅看清了世界，更如本雅明所言，不可思议地让整个世界跟随一个人的生命过程一起衰老，又把这个生命过程浓缩为一瞬间。

# 比拉 – 马塔斯，写作及其他死法

一

下雨的时候，透过微孔镜看出去，1982 年的巴黎和 1928 年的巴黎并无多大分别。这一年，西班牙作家恩里克·比拉 – 马塔斯在法国首都的大皇宫看到一个有关 20 世纪头 30 年那群文学"光棍机器"的展览——卡夫卡的手稿，杜尚的装置，本雅明的称书机，以及一个无人认领的棕色皮革手提行李箱（上面有几张斑驳的贴纸）——并以此为题给《先锋报》的文化版写了一篇展讯文章。回到西班牙后，比拉 – 马塔斯在马洛卡岛买了一本谈论格言警句之简洁妙处的小书随身携带，终于在一间叫作"夜蛾子"的酒吧（现在已经消失了）四杯红酒下肚第 31 次翻开它的时候，意识到那篇已经发表的文章本可以叫"移动式文学简史"。他把这个标题草草记在格言书上，过了几个小时，躺在浸透阳光的露台上，他又把这几个字划掉，写上"便携式文学简史"。

三年后，127 页的《便携式文学简史》问世，以实验式的笔法在纸面之上构建了一场盛大的写作游戏，成为比拉 – 马塔斯此后作品的风格基石。一个以漂泊者的实际操作守则为信条立约而成的"项狄秘社"，最理想的成员人数是27人，必须有较高的疯癫程度，作品应轻便易携，可装入手提箱为佳，同时不掺进任何长期的亲密关系，做好光棍机器。从1924年至1927年，在两次大战之间迷醉惶惑、想象与创造力大爆发的欧洲，项狄秘社的成员游荡于那些文学史上意义非凡的地理坐标：巴黎、布拉格、维也纳、柏林、的里雅斯特和塞维利亚，他们消费无数烟草与咖啡，在生活里一败涂地，快乐神经、反复错乱，却只在书写这件事上专注沉浸，成了"意志力的巨人"。

对项狄们而言，宇宙无限的谜题如同瓦莱里的耳语，成了只存在于纸上的写作问题。据说，比拉－马塔斯时常在写作的时候起身从书架上随机取一本书，信手翻开一页选一句用进去，或者自己编一句话，再安上一个已知作家的名字。对于他的世界，要么不信，要么全信。《便携式文学简史》中的人物大多真实，之间的连接却虚实难辨，不停出现的新的人名、书名将虚构与现实、文学与生活的界限统统模糊，现实也不足信。所谓的"元文学"在比拉－马塔斯笔下几乎成了一种句法规则，读者始终无法确知何处是杜撰而来的、何处又是未知或被忘却的事实。况且，无论有否读过其中提到的任何一本书，故事本身都是可以读下去的，不确知不仅不构成阅读的障碍，反而多了些了然的会心一笑。

二

　　1998年，依旧是巴黎，比拉－马塔斯购得法国评论家让－伊夫·朱昂内所写的《没有作品的艺术家们："我宁愿不"》，当晚在位于酒店五层的房间里一口气读完，随后整夜听见有口述者在墙的另一侧讲故事。某一刻，他看见自己的影子穿过书页，仿佛13年前写在《便携式文学简史》里的秘社早已成为手中书的脚注，他恍然大悟：原来所有的项狄——杜尚、本雅明还有他们那些便携式的伙伴——都是"宁愿不"的人。如作家本人所言，那一晚是"注定人生"的，启发他在三年后写出了仿若《便携式文学简史》番外的《巴托比症候群》。（有意思的是，这部番外之作的中译比正书的译本更早三年问世，因此中文世界的读者其实是颠倒逆向地进入项狄的世界，又是别有滋味的体验。）

　　又或者，与其说是番外，不如说是批注，《巴托比症候群》全书段落以阿拉伯数字依序标注排列，如书中鲍比·巴兹伦所说："我认为写书已经是一件不可能的事情。因此，我再也不写书了。所有的书几乎都只不过是页脚注解的膨胀而已。所以，我只写批注。"这样说来，这本书不失为对项狄秘社成员普遍接受的一项准则——在文字领域实现自杀——的批注，聚焦那些宁愿不写、自愿放弃创作的作家，通过展现文学创作之"不可能"探问其本质与可能。

　　巧妙的是，不知有心还是无意，比拉－马塔斯恰是在《便携式文学简史》的一个脚注里为这部后作留下了蛛丝马迹：在解释 The Shady Shandy（"阴郁的项狄"）时，作家加注声称托·斯·艾略特该诗句的西语版收录于"1967年于巴塞罗那出版的《奥克诺斯选集》中，译者为海梅·吉尔·德·别德马"。这是一本从未真实出版过的书，比拉－马塔斯杜撰出的选集书名却用心良苦。"奥克诺斯"是古希腊画家波留克列特斯为德尔斐阿波罗神庙所画的湿壁画《奥德赛降至哈迪斯》中的一个次要人物，虽然画作失传，歌德却在一篇散文中详细描述了这个神话人物的习性："对奥克诺斯而言把灯心草编起来喂给驴吃是再自然不过的事。他也可以不编，但是不编草该去做什么呢？所以还是喜欢编灯心草，让自己忙着做点什么；所以驴会吃编好的灯心草，尽管没编的它也一样吃。可能编起来更好吃更有营养。也许可以说，某种程度上，奥克诺斯就这样在他的驴身上找到一种消磨时间的方式。"后来，西班牙诗人塞尔努达用这个"无用功"的代表（"奥克诺斯"这个名字在希腊语中的意思恰是"无所事事"）给自己的散文诗集命名，并在扉页上引用了歌德的记述。

对项狄秘社的成员而言，"产出无用"正是他们被"迷你化"的微缩事物吸引的缘由：它们因其微小"从某种程度上被免除了含义"。旅行的意义也是如此："他们只是喜欢一边讲故事一边行走，只不过这段旅途就像所有诗歌和小说一样承担着无意义的风险，但没有风险它们又什么都不是——或许这才是旅行对于他们最大的吸引力。"《巴托比症候群》中有更多关于"不写"（或"不再写"）这件事的探讨，其中整段引用了（并非杜撰）一位西班牙诗人对自己究竟为什么不再写的思考："每当我自问究竟为什么不写,又会进一步引出另一个更加错综复杂的难题:我之前为什么要写呢?更正常的是阅读。"——而这位诗人正是前文子虚乌有的《奥克诺斯选集》的译者吉尔·德·别德马。

三

别德马的名字仅在《便携式文学简史》中以脚注的形式出现过这一次,却是当之无愧的项狄社成员,一生中仅创作发表过95首诗的他是出了名的"迟缓写作者",每一首诗在诞生之前都已经在他的脑海里得到细理入微的反复设计与勾勒。1969年,他在自己的第三本也是最后一本诗集《身后诗》中用一首《在海梅·吉尔·德·别德马死后》完成了20世纪西班牙诗坛最著名的"文学自杀",从那以后他此生只再写过寥寥数首诗,1982年后更是完全停止了文学创作,直到1990年真正的死亡姗姗来迟。

除了遵循"自杀只能在纸上进行"的准则之外,别德马还拥有一个典型的项狄特征:他的身上背负着"黑暗租客"——比拉–马塔斯从卡夫卡笔下借了名字叫它奥德拉代克,寄居在每个项狄身上,是他们无法拒绝的双重自我,具有突然爆发的摧毁力(在我的想象里,总觉得它是 J. K. 罗琳为魔法世界创造的"默默然"的形态)。别德马的奥德拉代克是莎士比亚《暴风雨》中岛上怪物卡列班的样子,学会语言的同时习得了诅咒命运的能力。他在失败的爱情中看见了自己最丑陋的样子,尝试"成熟地"生活未果，巨大的精神危机降临，他写下《与海梅·吉尔·德·别德马对峙》与自己的"黑暗租客"正面对峙，醉酒后搂抱着另一重自我跌跌撞撞倒在床上，因为过分靠近而对自己厌恶不已。

比拉－马塔斯将奥德拉代克的出现归因于项狄们专注工作的风险："看到这些难以和双重自我共处的人为了工作与世隔绝，奥德拉代克、魔像、布加勒斯蒂与形形色色喜爱占据人孤寂时刻的生物齐齐拥了出来。"总在人生中的某一刻，奥德拉代克突然现形，项狄们发现自己是自己的陌生人，于是写下的每部不易读的作品都是他们生命中一段不可读的岁月的缩影：卡尔维诺不停走进走出看不见的城市，佩索阿不停变换名字却发现自己始终是"一座不存在的城市的郊区"……为了不再看见自己的奥德拉代克，拉蒙·德拉·塞尔纳砸碎了酒店房间里所有的镜子，别德马则选择不再写诗，幸福生活的定义只剩下：

在一个效率低下的古国
比如两次内战之间的
西班牙，在海边一个村子，
拥有房子一间财产一点
记忆全无。不读书
不受苦，不写作，不付账单，
像个落魄的贵族
活在我智识的废墟里。

正如比拉－马塔斯为秘社设计的暗号："你若高声说话，永远不要说出'我'。"这句话的西班牙语"Si Hablas Alto Nunca Digas Yo"每个词首的大写字母恰好组成"项狄"的名字（SHANDY）。

## 四

比拉－马塔斯在自己的个人网站上发表过一篇题为"游离版便携式文学简史"的伴随读物，用27段半的文字为127页的《便携式文学简史》做导读，文中谈到他心中最伟大的项狄时刻莫过于一生没有任何作品的法国传奇"作家"、巴托比重度患者费利西安·马尔伯夫的一幅画。画中，杜尚正从巴黎的画室里把自己的代表作《下楼梯的裸体女人》卸下来，抱着往门外走，打算带回家打包送去纽约展览。在比拉－马塔斯看来，杜尚拿着自己的画就像夹着一块要吃一辈子的面包，恰是在这一时刻，他的作品真正获得了便携式的命运。一如《便携式文学简史》的末章里，1927年的塞维利亚（一个在西班牙文学史上已成传奇的"年份－城市"组合），项狄秘社在这里走到尽头，然而就在秘社解体的瞬间，便携式文学及其创造者们前所未有地逼近自我，"终于开始真正便携了"。最后的项狄是本雅明的脸孔，永恒的漫步者，当他感受到别人驻留在自己身上的目光，就只想躲进用书本搭建的便携式堡垒后面。

诚然，通过写作来罗列这么多"不写"的理由，就像奥登的长诗《海与镜》用艺术作品讨论艺术之无用一样，本身就是个悖论。《便携式文学简史》和《巴托比症候群》是比拉－马塔斯为内心迷宫绘制的地图，随写作而来的所有敞开的可能性是迷宫里每一条错综蜿蜒的路、每一个似有若无的出口，无论是寻找永远的家园还是永远的漂泊，重要的不是最终用这张地图走出迷宫，而是过程中独有的快乐：如果世界只存在于纸上，便不再存在任何恒定不变的永恒真理，仅凭写作，就能打破一切界限与成规。甚至像项狄们那样永不说出"我"也无妨，如作家本人所言："我曾以为写作等同于开始认识自己，随着时间的流逝我发现，因为写作的缘故我永远不会知道自己是谁。也许这才是真正的快乐，最大的奖赏。"

从项狄到巴托比，这是一场关于"死亡、死亡的语言、语言和语言的死亡"的探索与冒险。时至今日，世上已无新事了吗？一切都已被讲述、被表达过了吗？站在文字的废墟里，比拉－马塔斯担忧的语言本身自我磨灭的可能性：我们是否会坠入语言被创造出来以前的漫漫洪荒当中。而最终他想问的是：如果一个作家想重新开始，会发生什么？写作者的神话已破，不如假装自己是别人，在原本佩戴的面具上再叠加一层，换全新的方式、在全新的空间里重新开始，然后沉默，然后再去找一个新的面具，正如他在1982年的马洛卡酒吧想出书名或是1998年的巴黎房间恍然大悟之后发生的突变那样，永远在"施工中"的写作，全速前进，却好像从未诞生。

# 后 记

> 太阳闪光，照在岩石和金属上。
>
> 只是等。等就是含义。逝者如斯夫，
>
> 有智慧的人在写字，留下暗示：
>
> 世界必有出口，你必有脱身的时刻。
>
> ——马雁《自我的幻觉术》

这本书中收录的文字写于2016年至2019年间，大多是我在马德里读博士期间所写，初衷大抵是想要以中文的阅读与书写，逃避日复一日不得不用另一门语言进行论文写作的窘境。零零散散写了几年读书笔记式的东西，最早是按月在《经济观察报·书评》（以及偶尔在《上海书评》）上发表。在此期间，我的兴趣和心性多有转移和变化，由此形成了对某些特定的历史事件和人物性格的偏爱，也都如实地反映在自己选来读的书本和写的对象上。

相比从事诗歌翻译时的状态，我在写文章的时候始终很不自在，总也无法摆脱自我审视的羞赧，也心知离纯熟的写作者差得很远，所以原本从未考虑将这些散见报刊的文字结集成书，近两年偶被问起，也都惭愧地推拒。直到去年年初，因为疫情被封在城里的我，在社交网络上收到一封读者来信，提到我某篇久远以前的文章中写到的书与她的人生之间产生的共鸣。忽然之间，我觉得此前的羞赧与推搪多有将"自我"看得过大之嫌，这些文章背后那些没有被我缩手缩脚的书写折损的故事，无论是历史片段、人物经历还是作品情节，它们本身是珍贵的、值得被读到的。就这样，许是外部世界的剧变带给我前所未有的勇气，2020年我做了好几个算得上"突破自我"的决定，比如，爱一个人，和他结婚，比如，从之前几年写下的几十篇文章里挑选出25篇，集成了这本书。

在为了结集成书进行统改的时候，其实依旧体会到惭愧。我的专业方向是文学研究，本职工作是文学编辑，难免用职业的眼光打量一番，深知自己在写作上实在算不上有天赋。那几年里，我也曾想向着获得写作者的身份努力，设计过有意识的自我训练，反复调整过风格，然而，事实证明，勤勉有余，天资不足，到底还是比较失败的。不过，那时候每个月固定要至少读一本跟论文无关的书，写一篇中文的稿，实在是遥遥无期的读博生涯里难能可贵的定期盼望。在这个过程之中，我也确实享受到书写（还不足以使用"写作"一词）带来的幸福感，哪怕最终比较失败，也是满足的。

此番修改，在语流语调上勉力调整了一些，最终的成品依然多有稚嫩，还是拿了出来，一方面是为了文章背后的故事、人物与书，有一些并未在中文语境里出现过，而我托了读懂另一门语言的福，想写点皮毛来与人分享，这权且算作一份公心；另一方面，这些文字背后其实凝固了我的个人生命中一个再难回返的时代，如同大梦一场，想要从那段不安分的岁月里保留住一丝痕迹，是关于这本书的一点私心。

感谢有书，有文学，有历史，有珍贵的人，让我知道世界必有出口，我必有脱身的时刻。

汪天艾

2021年2月13日

*¡!*

# 部分参考书目

（＊依照在本书中的出现先后顺序排列，均为
撰写本书各篇之时所阅读的版本和语种，供
参考。）

Colette Rabaté, Jean-Claude Rabaté. En el
    torbellino: Unamuno en la Guerra Civil.
    Marcial Pons Ediciones de Historia,
    2018.
Antonie de Saint Exupéry. Andoni Eizaguirre
    Ugarte (trad.). Saint-Exupéry en la guer-
    ra de España. KEN, 2017.
弗兰茨·柏克瑙《西班牙战场》，伽禾译，99读
    书人 / 人民文学出版社，2018年。
Paul Preston. We Saw Spain Die: Foreign Cor-
    respondents in the Spanish Civil War.
    Skyhorse Publishing, 2009.
Almudena Grandes. Los pacientes del doctor
    García: Episodios de una Guerra Inter-
    minable IV. Tusquets, 2017.
Alfredo Grimaldos. La CIA en España: Espi-
    onaje, intrigas y política al servicio de
    Washington. Ediciones Península, 2017.
Inmaculada de la Fuente. El exilio interior: la
    vida de María Moliner. Turner, 2011.
Pablo Ordaz, Antonio Jiménez Barca. Así
    fue la dictadura: Diez historias de la
    represión franquista. Debate, 2018.

马里奥·莱夫雷罗《发光的小说》，施杰译，湖南
　　文艺出版社，2019年。

芮塔·菲尔斯基《文学之用》，刘洋译，南京大学
　　出版社，2019年。

David Trueba. Tierra de campos. Anagrama,
　　2017.

María Cabrera. Televisión. Caballo de Troya,
　　2017.

Hagar Peeters. Isabel Clara Lorda Vidal
　　(trad.). Malva. Rey Naranjo, 2018.

Isaabel Allende. Más allá del invierno. Plaza
　　& Janés, 2017.

罗纳德·伦《门将之死》，张力译，上海译文出版
　　社，2013年。

John Richardson, Louise Speed. Unspoken
　　Gary Speed: The Family's Untold Story.
　　Sportmedia, 2018.

让·埃默里《独自迈向生命的尽头》，徐迟译，三
　　辉图书 / 鹭江出版社，2018年。

Jorge Carrión. Barcelona. Libro de los pasa-
　　jes. Galaxia Gutenberg, 2017.

豪尔赫·卡里翁《书店漫游》，侯健 张琼译，生活·
　　读书·新知三联书店，2018年。

Ray Loriga. Rendición. Alfaguara, 2017.

Luis Goytisolo. Coincidencias. Anagramaa,
　　2017.

Javier Marías. Berta Isla. Alfaguara, 2017.

罗贝托·波拉尼奥《未知大学》，范晔 杨玲译，
　　世纪文景 / 上海人民出版社，2017年。

米歇尔·福柯等《疯狂的谱系》，尉光吉等译，拜
　　德雅 / 西南师范大学出版社，2019年。

David A. Shafer. Antonin Artaud. Critical
　　Lives, 2016.

爱德华多·加莱亚诺《火的记忆3：风的世纪》，
　　路燕萍等译，作家出版社，2019年。

罗贝托·波拉尼奥《智利之夜》，徐泉译，世纪文景 / 上海人民出版社，2018年。

阿尔瓦罗·恩里克《突然死亡》，郑楠译，中信出版集团，2018年。

Juan Gabriel Vásquez. Viajes con un mapa en blanco. Alfaguara, 2018.

安德烈·纪德《关于陀思妥耶夫斯基的六次讲座》，余中先译，99读书人 / 人民文学出版社，2019年。

马塞尔·普鲁斯特，安德烈·纪德《追忆往还录》，宋敏生译，四川文艺出版社，2019年。

马塞尔·普鲁斯特《一天上午的回忆》，王道乾译，上海文化出版社，2000年。

恩里克·比拉－马塔斯《便携式文学简史》，施杰 李雪菲译，99读书人 / 人民文学出版社，2018年。

恩里克·比拉－马塔斯《巴托比症候群》，蔡琬梅译，世纪文景 / 上海人民出版社，2015年。

**自我的幻觉术**
ZIWO DE HUANJUE SHU

**作者**

汪天艾

**出版人**

刘迪才

**品牌监制**

彭毅文

**责任编辑**

彭毅文

**书籍设计**

typo_d/ 打错设计

**责任监印**

陈娅妮

**漓江出版社有限公司出版发行**

社址 / 广西桂林市南环路 22 号
邮政编码 / 541002
发行电话 / 010-65699511  0773-2583322
传真 / 010-85891290  0773-2582200
邮购热线 / 0773-2583322
网址 / www.lijiangbooks.com
微信公众号 /lijiangpress

印制 / 联诚印刷（北京）有限公司
开本 / 787mm×1092  1/32
印张 / 7.5  字数 / 155 千字
版次 / 2021 年 7 月第 1 版
印次 / 2021 年 7 月第 1 次印刷

**定价**

58.00 元

------------------------------------------------

图书在版编目（CIP）数据
自我的幻觉术 / 汪天艾著. -- 桂林：漓江出版社，
2021.6
ISBN 978-7-5407-9103-2

Ⅰ. ①自… Ⅱ. ①汪… Ⅲ. ①随笔 – 作品集 – 中国 –
当代 Ⅳ. ① I267.1

中国版本图书馆 CIP 数据核字 (2021) 第 097434 号
------------------------------------------------